Opération Santa

Charles Mazarguil

Illustrations d'Eléna Dupressoir

Flammarion Jeunesse

www.flammarion-jeunesse.fr

Éditions Flammarion – 82, rue Saint-Lazare
CS 10124 – 75009 Paris
ISBN : 978-2-0804-9420-7

Pour Ulysse et Joanie,
un joyeux Noël à mes deux
petits gloutons !

C. M.

1er Décembre

Le vol d'essai

À l'orée de la **Grande Forêt Enchantée**, autour de la charmante maison de bois d'habitude si tranquille, c'est le branle-bas de combat. Et pour cause ! Ce matin est prévu le traditionnel « vol d'essai » du Père Noël, une semaine exactement avant **LA nuit magique**.

Alors aujourd'hui, sous le ciel étoilé (le jour ne se lève jamais vraiment durant l'hiver boréal), c'est déjà un peu la fête. On s'active, on se secoue les puces, on sort deux minutes de son hibernation pour donner un coup de patte bienvenu...

Les marmottes plantent des rangées de chaises dans la neige le long de la piste de décollage que les phoques sont en train d'aplanir en roulant dessus, telle une armée d'énormes chipolatas grises.

Les chouettes Harfang, en charge de l'ambiance musicale, accordent leurs voix avec plus ou moins de bonne humeur.

– Bon sang, Freya ! C'est un *fa dièse* qu'on te demande ! Un *fa dièse* ! Pas un *fa bémol*...

– C'est bon, on a compris... Monte pas sur tes grands-ducs, Athéna !

Et sous un petit kiosque en bois, les lemmings préparent des marmites entières de chocolat pour réchauffer les invités.

D'ailleurs, ces derniers sortent déjà en masse de la forêt pour assister au grand spectacle : les renards polaires s'amusent à faire la course ; les bœufs musqués soufflent d'énormes nuages de condensation de leurs naseaux ; les lièvres arctiques, presque invisibles dans la poudreuse, jouent à saute-mouflon...

Bref, tout le monde est sur le pont, à part quelques carnivores malvenus et... **Britannicus**, l'ours polaire.

Bien au chaud dans la maisonnette du Père Noël, confortablement installé sur son fauteuil préféré, un bon livre (*Grizzli et la Chocolaterie*) posé sur ses genoux, Britannicus préfère rêvasser devant le feu de cheminée. Et puis, la vérité, c'est que toute cette agitation l'agace un peu.

– C'est vrai, quoi, à la fin, grommelle-t-il entre ses dents. Ça va bien faire 2 000 ans qu'**IL** le fait voler sans problème son traîneau, Papa Noël ! On a bien vu qu'il était impec', le matériel. **Pff...** J'te jure !

Tandis que l'ours polaire continue à regretter sa tranquillité perdue, dehors, l'excitation monte encore d'un cran. Sur la piste de décollage, en effet, vient d'apparaître l'équipage des rennes. Affichant l'air blasé de vieux cerfs-volants, ils s'étirent les pattes et le cou en faisant craquer leurs os.

– Vous le sentez comment, les gars ? demande **Tonnerre**, le plus imposant d'entre eux.

– Bas mal, bas mal. Bais je crois que je zuis encore enrhubé... répond **Rudolph**, un petit renne au nez très très rouge.

– *No problemo !* ajoute **Éclair**, toujours aussi beau gosse, en enfilant une paire de lunettes de soleil. Y a un petit vent de sud-ouest qui va nous souffler de face : des conditions parfaites pour le décollage.

Soudain, un « **HO ! HO ! HO !** » tonitruant s'élève au-dessus du brouhaha des conversations, et les chouettes arrêtent aussitôt de hululer « Vive le vent d'hiver ».

C'est le signal ! Le Père Noël arrive ! **Santa**, c'est son petit nom, fend la foule des animaux enthousiastes en faisant de grands saluts et en serrant des pattes : « Merci ! Merci ! Vous allez voir ce que vous allez voir ! Merci beaucoup ! On se retrouve après à la fête, j'espère ? »

Souriant jusqu'aux oreilles, il caresse le museau de quelques rennes et s'installe sur le rutilant traîneau.

– Allons-y ! s'écrie-t-il sans perdre de temps. C'est parti pour le vol d'essaiiiiiiiiiiiii ! **OUUHAAAAAHAAAA !**

Alors que l'équipage décolle comme une fusée dans les aurores boréales, Tonnerre s'adresse à ses compagnons galopant sur la brise :

– **Mollo**, les gars, mollo ! N'oubliez pas qu'on n'a pas de cadeaux dans la soute, aujourd'hui. Pas besoin de...

Brusquement bringuebalé sur le côté, il ne finit pas sa phrase : à l'avant, Rudolph a éternué si fort que le traîneau a fait une embardée sous les grands pins.

– Vite ! Il faut qu'on sorte de là ! s'exclame **Fougueux**, l'un des rennes de tête.

Malheureusement, en s'extirpant des branches, il se coince les bois dans un nid d'oiseau abandonné. Fidèle à sa réputation, Fougueux ne réfléchit pas trop et pique vers le sol afin de se débarrasser du tas de brindilles.

Le Père Noël essaye tant bien que mal de reprendre les rênes mais, emporté par la vitesse et le poids du traîneau, l'attelage perd trop d'altitude... puis – **SPLASH** – va se planter au milieu d'un énorme monticule de neige !

Autour de la petite maison, dans le silence horrifié qui suit l'accident, on n'entend plus un phoque se gratter...

2 Décembre

La blessure

Une fois la stupeur passée, les animaux de la Forêt Enchantée se ruent sur le lieu du crash.

Les lièvres sortent les rennes de leur tas de neige, les belettes récupèrent les bouts de bois du traîneau réduit en morceaux et, au soulagement général, un bœuf musqué finit par dégager le Père Noël, qui semble plutôt en bonne forme malgré l'énorme stalactite pendue au bout de son nez...

Maudissant sa maladresse, celui-ci parvient à se relever. Mais en posant le pied par terre, il pousse soudain un cri de douleur !

Malheur ! Telle une traînée de poudre, la terrible nouvelle se propage dans la foule...

« Qu'est-ce qu'il lui arrive ?

– Ben oui, pourquoi il hurle comme ça, Santa ?

– C'est ses sabots, j'vous dis !

– Il s'est foulé la guibole !

– Les papattes, c'est fragile à son âge ! »

... jusqu'à la maisonnette en bois et jusqu'aux oreilles de l'ours polaire.

– **Quoi !?** s'exclame Britannicus en secouant une oie blanche par les ailes. Qu'est-ce que tu me caquettes là ? Le Père Noël s'est cassé la jambe ? À une semaine de la nuit **la plus importante** de l'année !?

Incrédule, l'ours lâche la pauvre volaille et se précipite dehors.

– Nom d'un chien de prairie, j'en étais sûr ! râle-t-il en priant pour que tout ceci ne soit qu'une mauvaise blague. Depuis le début, j'la sentais mal cette journée... Et comme je dis toujours : quand Britannicus ne le sent pas, mieux vaut rester chez soi !

Aussi haletant qu'un vieux morse après un 100 mètres papillon, l'ours arrive enfin sur les lieux du drame où **Rägnar** – ce renard gris qui se croit toujours plus malin que tout le monde... **GROUMPF !** – semble avoir pris la direction des opérations.

– C'est ça ! Tout doux, encourage-t-il de sa voix aiguë. Mettez le blessé sur la luge que les lemmings viennent de fabriquer. Ça devrait tenir...

Britannicus contemple un instant la scène : les rennes, visiblement choqués, sirotent des chocolats chauds sous des couvertures pendant qu'un couple d'élans transporte doucement le Père Noël et le dépose sur la luge.

– J'y crois pas, c'est vraiment arrivé... finit par articuler l'ours. Qu'est-ce qu'on va faire pour **LA nuit magique** ?

– C'est la fin des esquimaux, si vous voulez mon avis, lui répond un écureuil perché sur une branche juste au-dessus de sa tête. En d'autres termes, c'est fichu, cuit, terminé, plié, ratiboisé...

– Oui, c'est bon, merci, j'ai saisi l'idée, s'agace Britannicus en laissant le rongeur en plan.

La mine abattue, il s'approche de la luge du Père Noël que les élans commencent à tracter. En le voyant arriver, le vieil homme en rouge lui sourit.

– Ne fais pas cette tête, mon ami ! On dirait que tu viens de croiser le Père Fouettard.

– Mais, Santa ! Tu ne seras jamais guéri à temps ! Que va-t-il advenir de...

– Pas d'inquiétude pour **LA nuit magique**, le coupe le vieil homme. Je viens de parler à Cyrano. Il a la solution parfaite pour régler cette situation idiote.

Britannicus manque s'étouffer.

– **Cyrano ?** Cyrano, le lemming !? Tu ne vas pas faire confiance à ce rigolo, quand même !? Ce rongeur n'attire que des ennuis !

Le Père Noël secoue la tête d'un air attristé.

– Tout le monde a droit à une seconde chance, mon ami. Même Cyrano... Allez, il doit déjà nous attendre !

La mort dans l'âme, Britannicus suit la luge jusqu'à la maisonnette. Avec Rägnar, il aide les élans **Rocks** et **Rocky** à allonger le blessé sur un canapé de velours vert près de la cheminée. Accroché au-dessus de celle-ci, un portrait du Père Noël – entouré de l'ours polaire, du renard gris et d'une foule de marmottes – semble observer la scène.

Santa est à peine installé qu'un lemming au pelage beige et aux petits yeux noirs sort de la cuisine. Il trottine jusqu'à eux en portant une tasse remplie d'un liquide sombre et malodorant.

– Ah ! Vous voilà, patron ! Ça tombe bien, je viens de terminer ma **décoction miracle**.

– Ta « décoction miracle » ? répète l'ours polaire avec une ironie mordante. C'est quoi encore, ces bêtises, Cyrano ?

– Ma décoction miracle n'est pas une « bêtise », se vexe le rongeur. C'est une recette qui me vient de mes lointains ancêtres, les mulots à dents de sabre. Elle peut guérir n'importe quelle blessure en quelques heures seulement. Il y a plein de bonnes choses dedans : des baies de goji, des herbes de Provence, de l'urine de loutre marine... Et le tout est sans gluten, bien entendu !

Britannicus lève les pattes au ciel.

– Rhalala ! C'est vraiment n'importe quoi ! Père Noël, dis-moi que tu ne vas pas ingurgiter ce... ce machin puant ! **J'le sens pas...**

Mais Santa, tout sourire, est déjà en train de plonger une cuillère dans la soupe noirâtre.

Avant que Britannicus ne puisse répéter « J'le sens pas », il en avale le contenu...

3 Décembre

Coup de théâtre à l'étable

Les premiers effets de la décoction « miracle » ne se font pas attendre : à peine le Père Noël sort-il la cuillère de sa bouche, qu'il perd immédiatement connaissance et s'effondre dans le canapé.

– J'en étais sûr ! s'emballe aussitôt Britannicus. Cyrano vient d'empoisonner Santa avec sa potion à la noix de cajou ! Retenez-moi avant que je le colle dans un pain au lait et que je m'en fasse un **hot-dog** !

Le lemming court se cacher derrière Rägnar et s'accroche à l'une de ses pattes postérieures.

– Attendez ! Tout est OK ! Il fait juste un gros dodo...

Comme pour confirmer les paroles du rongeur, le Père Noël se met à ronfler en se pelotonnant contre un coussin.

– Ah ! Vous voyez, poursuit Cyrano. Y a jamais d'embrouilles avec Cy-Cy ! À son réveil, **juré craché**, sa jambe sera sauvée !

Britannicus observe le blessé respirer paisiblement avant de desserrer les griffes.

– Bon, je te laisse le bénéfice du doute, déclare-t-il enfin. Même si mon flair continue de me souffler que faire appel à toi était une **trèèèèès** mauvaise idée.

– Tu vois **TOUJOURS** les choses en noir, commente Rägnar en se dégageant de l'étreinte du lemming. De toute façon, nous avons un problème plus urgent sur les coussinets...

Devant l'absence de réaction de Britannicus et Cyrano, le renard gris développe :

– Même si on imagine que le Père Noël se remette complètement, il reste le problème du traîneau.

– **SCRUNCH... SCRUNCH...** Et c'est quoi le problème avec le traîneau, exactement ?

demande un élan en mâchonnant un bouquet de fleurs séchées.

– Oh ! **Trois fois rien !** C'est juste qu'après cet atterrissage forcé, le carrosse du chef ressemble maintenant plus à un barrage de castors qu'à un attelage magique prêt à disperser joie et bonheur à travers le monde...

Cyrano, qui a retrouvé du poil de la bête, saute sur le canapé près du Père Noël et s'étire.

– Ben, y a qu'à le reconstruire ! Il faut pas se noyer dans un verre de lait de poule, les copains !

– Et qui va nous fabriquer un traîneau de cette taille en une semaine, gros malin ? s'énerve Britannicus, qui décidément a une dent (et même plusieurs) contre le lemming. Toi et tes petites incisives ?

– Allons, ne nous énervons pas, tente de tempérer Rägnar, quand la porte de la maisonnette s'ouvre brutalement sur un lièvre arctique.

Ce dernier roule des yeux affolés et peine à reprendre sa respiration.

– Je... **pff**... J'ai... **pff**... une nouvelle... **pff**... urgente... **pff**... de l'étable !

Britannicus soupire **très** longuement et **très** profondément… Il y a des jours comme ça où tout le monde devrait rester couché, bouquiner tranquillement avec un thé bien chaud sur les pieds et une bouillotte dans le gosier. Ou inversement d'ailleurs.

– Je t'écoute… Qu'est-ce qui se passe encore !?

– Les **rennes**, explique le messager qui a retrouvé son souffle. Ils arrêtent tout, ils retournent à l'**état sauvage** !

L'ours polaire jette un coup d'œil fatigué à Rägnar, puis, manquant d'écraser le lièvre qui se tient toujours dans l'encadrement de la porte, il se précipite vers les étables. Il y parvient juste au moment où Tonnerre, Rudolph et le reste de l'attelage s'apprêtent à partir, baluchon sur l'épaule.

– Messieurs ! s'écrie Britannicus en se dressant entre les cervidés et la forêt. On vient de me dire que vous nous quittiez ! C'est une blague, j'espère…

– Pas du tout, rétorque aussitôt Fougueux. On démissionne ! Ce boulot est trop dangereux !

Ses compagnons en rajoutent plusieurs couches :

– Ça va faire des siècles qu'on se gèle en haute altitude, en pleine nuit et en plein hiver ! **Y en a marre !**

– Tout ça pour distribuer des trains électriques à des gamins...

– Ce qui est arrivé aujourd'hui nous pend au mufle depuis belle lurette !

– Moi, j'ai le dos en vrac de toute façon...

– Il est temps de prendre une retraite bien méritée !

– Ouais ! Terminé ! On remballe ! *Bye bye* et bonne année grand-mère !

Dépité, Britannicus n'a ni le temps d'évoquer les loups du **Père Fouettard** ni les lynx qui hanteraient les profondeurs des bois ; les neuf rennes s'éloignent rapidement de la maison et s'enfoncent sous les arbres.

Il est toujours en train de fixer l'endroit exact de la forêt où l'équipage vient de disparaître quand Rägnar et Cyrano le rejoignent sur son tas de neige.

– Alors ils sont vraiment partis... J'ai du mal à y croire, déclare le renard gris après avoir reniflé les étables vides.

Britannicus secoue lentement sa grosse tête blanche.

– L'**esprit de Noël** se perd, les gars. L'esprit de Noël se perd...

4 Décembre

Annuler Noël ?

De retour dans la maisonnette du Père Noël, Rägnar s'assoit sur le tapis tandis que Britannicus s'écroule au fond de son fauteuil préféré. L'ours polaire écoute un moment les paisibles ronflements du maître des lieux avant de s'avachir encore un peu plus.

– Et maintenant !? On fait quoi !? **On annule tout ?**

– Je ne sais pas, répond d'une voix pensive le renard gris. Ce n'est pas comme si on parlait du *Festival de la raclette* de Mont-Baussapin ou du *Concerto de carillons* de Bourg-le-Renne.

Je ne crois pas que **LA nuit magique** soit un événement que l'on puisse annuler...

Britannicus soulève un sourcil étonné en se tournant vers Rägnar. Comme d'habitude, ces deux confidents du Père Noël ne se comprennent pas : tandis que le renard, remuant et volontaire, est toujours prêt à l'action, l'ours, lui, aspire à la tranquillité et à la prudence. Quand Santa leur demande conseil, ils ne sont jamais d'accord et cela finit toujours par une prise de museaux.

– Je te rappelle quand même que le patron est hors service, que le traîneau est en morceaux et que les rennes se sont carapatés, soupire Britannicus. **Tout est fichu !** Je suis à deux griffes d'aller voir les marmottes pour leur dire de stopper la production de jouets.

À travers le plancher de la petite maison, les deux rivaux sont plus conscients que jamais du murmure familier des perceuses, des tournevis électriques, des scies et des marteaux provenant du terrier-atelier. Là, tout en bas, à plus de 15 mètres de profondeur, des dizaines d'équipes de rongeurs enthousiastes se relaient **7 jours sur 7** pour fabriquer et préparer les cadeaux.

Rägnar relève ses courtes oreilles pointues et fait claquer sa langue.

– Non ! Ce n'est pas possible !

Il bondit sur le Père Noël inconscient et observe le visage du vieil homme en rouge.

– **LA nuit magique** aura lieu, Britannicus ! En attendant que Santa se réveille, c'est à **NOUS** de prendre les choses en patte ! À **NOUS** de faire en sorte que tout soit prêt pour son départ !

L'ours polaire ouvre la gueule pour poser mille et une questions pratiques au renard un poil trop sûr de lui (comme d'hab' !) quand des applaudissements retentissent sous le canapé. Une petite boule beige ne tarde pas à en sortir.

– Bravo ! Bravo ! Ça, c'est parlé, Monsieur le Renard ! Beaucoup d'énergie positive ! Je suis fan !

– Cyrano ! Qu'est-ce que tu fais **ENCORE** là ? gronde Britannicus.

– Bah ! Il faut bien que je veille sur mon patient, tiens !

Avec un mouvement d'humeur, l'ours polaire décide d'ignorer l'importun.

– C'est bien mignon tout ça, Rägnar, mais Tonnerre et sa bande refuseront de revenir, j'en suis certain !

– Eh bien, dans ce cas, nous trouverons d'autres rennes ! Des plus jeunes qui n'ont pas froid aux yeux !

Cyrano applique une compresse froide sur le front du Père Noël et lève un museau dubitatif.

– Il faut quand même en trouver qui puissent voler ! C'est peut-être un détail pour vous mais pour moi ça veut dire beauc...

– N'importe qui peut gambader sur les nuages, répond malgré lui Britannicus. Il suffit d'un peu de **poudre d'étoile filante** et le tour est joué !

L'information ne laisse pas le lemming indifférent. Il se redresse en mode suricate.

– C'est vrai !? Nom d'un radis ! J'ai toujours rêvé d'être un renne de Noël ! Je suis d'accord pour les remplacer. Avec mes cousins... Et je pense que mon oncle sera partant aussi... En tout cas, dans la famille du côté de ma mère, il y aura pas mal de volontai...

– Assez ! le coupe à nouveau Britannicus. Ne le prends pas mal mais je ne pense pas que toi, ta grand-tante et toute votre armée de lilliputiens soyez de taille à transporter une telle charge.

L'ours se tourne vers Rägnar.

– Puis, comme je le disais, il y a toujours le problème du **traîneau détruit**. Et il ne reste qu'une semaine ! Les délais sont intenables et... Quoi ? Pourquoi tu me regardes comme ça ?

Avec un énigmatique petit sourire, le renard gris vient de planter ses yeux verts dans les prunelles noisette de Britannicus.

– Tu sais très bien qui serait capable de fabriquer un nouveau traîneau aussi vite.

Après une minute d'incompréhension, l'ours polaire fronce brusquement les sourcils.

– Non... Non ! Ne me dis pas que tu penses au...

Rägnar, toujours souriant, opine du chef.

– Au **Maestro**... Si !

Tandis que Britannicus secoue la tête avec force, le lemming, intrigué, cesse de masser les tempes du Père Noël.

– C'est qui, ce Maestro, d'abord ?

– Un fou dangereux ! lance aussitôt l'ours polaire. Pire que toi, Cyrano ! Avec lui, c'est problèmes et compagnie !

Rägnar, la mine sérieuse, s'approche de Britannicus et pose une patte amicale sur son épaule.

– Tu as raison. Mais ce castor cinglé est notre **seul espoir**...

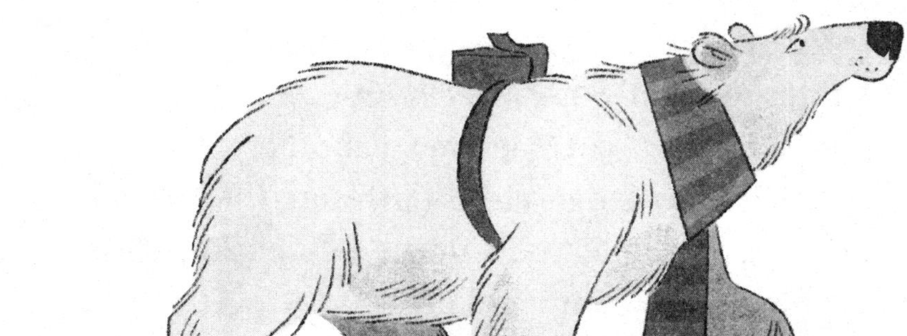

5 Décembre

Le plan

Un silence pesant s'est installé dans le salon où l'on n'entend plus que le feu crépiter. Le Père Noël, sans doute perdu dans quelque rêve fantastique, a même cessé de ronfler.

Alors que Rägnar et Cyrano ont fini par s'assoupir, eux aussi, Britannicus s'arrache à son fauteuil préféré pour s'approcher du vieil homme inconscient.

Avec précaution, il s'installe à son chevet et, contemplant le visage paisible de Santa, se remémore leur première rencontre.

Nom d'un chien de prairie ! Les années ont passé si vite !

Il était tout jeune ourson à l'époque.

Il se revoit accoster les Territoires Féeriques après des semaines de solitude. Des semaines à dériver au milieu de l'océan, accroché à un minuscule morceau de banquise.

Affamé, transi de froid, il avait échoué plus mort que vif sur cette terre inconnue.

Étendu sur le sable, il avait laissé ses paupières se refermer, son esprit divaguer... lorsque des mains chaudes lui avaient soudain relevé la tête !

C'était Santa ! Celui-ci l'avait vu arriver de loin et l'attendait avec un thermos de thé brûlant et des tartines beurrées au miel !

Ce jour-là, sur cette plage glacée, le vieil homme lui avait sauvé la vie et lui avait offert un foyer...

Encore plongé dans ses souvenirs, Britannicus se relève, la mine décidée.

Après s'être bruyamment mouché, il se dirige vers une vieille armoire. Farfouillant à l'intérieur, il balance tout un **fatras de jouets** au sol – coussin péteur, peluche de requin-marteau, boîtes de pâte à modeler, licorne qui dit « Aïe ! Ça fait mal ! » quand on la coiffe... – avant de sortir un grand rouleau de papier jauni.

– Voici le plan des **Territoires Féeriques** ! déclare-t-il à Rägnar, que ce remue-ménage vient de sortir d'un songe étrange dans lequel il volait un fromage à un drôle d'oiseau noir.

Le renard, l'œil collant et la langue pâteuse, se retourne dans sa panière près du feu et se met à bredouiller :

– De quoi !? De qui !? Qu'est-ce que tu racontes ?

– **Le plan !** répète Britannicus en déroulant la carte sur une table. Regarde : on est ici...

D'une griffe, il montre la petite maison dessinée au centre d'une grande île presque parfaitement circulaire.

– ... et, aux dernières nouvelles, je pourrai trouver le Maestro par là-bas, dans un igloo en plein **Royaume glouton**.

La patte de Britannicus s'éloigne de la minuscule bâtisse, glisse vers le nord, jusqu'à un endroit où les mots « **Vallons Glacés** » sont griffonnés sur le papier.

– Heureux que tu aies enfin changé d'avis, se contente de commenter Rägnar. Et au niveau *timing* ?

– Je dirais une journée de marche pour arriver à l'igloo. Un peu plus, si je fais un détour pour éviter la cabane du **Bonhomme de pain d'épice**...

Cyrano, qui vient à son tour de se réveiller, grimpe sur la table et s'assoit en tailleur sur le parchemin.

– Le Bonhomme de pain d'épice ? C'est pas censé être un gentil, celui-là ?

– Il l'était, répond Rägnar, sans donner plus de précisions.

Puis, repoussant le lemming, il désigne l'immense espace boisé qui, à partir de la maison du Père Noël, couvre tout l'est du plan.

– Et pendant que tu seras à la recherche du castor, moi j'irai trouver nos rennes dans la Grande Forêt Enchantée. Au pire, j'en engagerai de nouveaux.

Britannicus lève un sourcil circonspect.

– Tout seul ? T'es sûr...

– Pitié, jappe le renard gris, agacé. Tu ne vas pas encore me parler de tes fameux **lynx** ! Pour la dernière fois : il-n'y-a-pas-de-félins-dans-les-Territoires-Féeriques !

– Je sais ce que j'ai vu : des yeux étincelants de cruauté, une fourrure tachetée, une minuscule queue et des oreilles pointues avec des touffes de poils au bout... Des lynx, quoi !

Comme l'ours voit bien que l'autre ne veut pas y croire, il enchaîne :

– Et les **loups** !? T'as pensé aux loups ?

– Ils ont signé un traité de paix avec le Père Noël !

– Mouais... ce genre d'accord n'est valable qu'à la belle saison. En hiver, quand ils commencent à avoir les crocs, ces affreuses bestioles oublient vite leurs belles paroles !

Rägnar soupire, puis rétorque d'un ton sans appel :

– Je partirai à l'aube. Point final. Et je reviendrai bien avant toi, gros lourdaud !

– **Pff**, fais comme tu veux, grommelle Britannicus, piqué au vif.

Cyrano, lui, se met à sautiller sur la carte.

– Et moi, alors ? Je fais quoi ?

Du tac au tac, l'ours et le renard répondent d'une même voix :

– Rien ! **Absolument rien !** Tu restes ici et tu veilles sur ton patient !

6 Décembre

Le départ

Aux premières lueurs de l'aube, Britannicus et Rägnar sont prêts. Chacun transporte un petit sac de nourriture pour son voyage à travers les Territoires Féeriques. Après un dernier regard au Père Noël qui dort encore, ils sortent de la chaleureuse maisonnette.

À peine le seuil franchi, un froid à ne pas laisser un bonhomme de neige dehors les saisit.

– **Brrr !** fait Britannicus. Ça caille ! Heureusement que je suis un ours polaire !

– Que veux-tu... philosophe le renard. Nous nous sommes trop habitués au confort de la cabane de Santa.

Devant eux, le long de l'horizon, une fine bande orange traverse le ciel sombre. En hiver, c'est à peu près tout le soleil que les habitants des Territoires Féeriques peuvent espérer. Par bonheur, de nombreuses et magnifiques **aurores boréales** illuminent le firmament, ajoutant encore à l'atmosphère enchanteresse de la saison.

– B-bonne rouroute, les-les gagagars, grelotte Cyrano, emmitouflé dans une couverture. Vous-vous êtes su-sûrs de nenene papas vvvvouloir attendre queque çaaaaaa sssssssse réréchauffe un peupeu ?

Britannicus secoue la tête : il ne reste plus que six jours avant **LA nuit magique**. Autrement dit, il n'y a pas une minute à perdre !

Sur ce, le lemming referme vivement la porte de la maison derrière lui. L'ours lève une patte à l'attention de Rägnar.

– Allez, gros malin ! Je reviendrai ici avec mon castor ! Fais vite et sois prudent avec...

– Oui, oui, rigole le renard. Je ferai attention aux lynx, aux tigres et même aux tyrannosaures... Mais c'est **MOI** qui serai de retour en premier ! C'est parti pour l'**opération Santaaaaaa** !

Toujours ricanant, Rägnar s'élance vers la forêt, plus rapide qu'un lièvre arctique.

Britannicus observe son rival se fondre peu à peu dans le paysage puis, ajustant les bretelles de son sac à dos, se met en marche dans la direction opposée.

– Bon, se dit-il, les yeux levés vers la voûte céleste. Voilà l'**étoile polaire** ! Il suffit que je la suive, et tout devrait bien se passer...

Mais l'ours a beau essayer de se convaincre, il ne la sent pas du tout cette randonnée !

Pas à cause du froid, non : son poil est assez épais pour supporter des températures bien plus basses.

Pas non plus à cause des **gloutons** dont il va devoir traverser le territoire : si Britannicus n'a jamais rencontré d'individus de cette espèce réputée féroce, il sait qu'ils ne sont normalement pas plus gros que Rägnar... Des demi-portions, donc, même pour un jeune ours blanc tel que lui.

Non, si son instinct est passé en alerte maximale « J'le sens pas ! » – depuis le début de la journée, dans sa tête c'est gyrophares, cornes de brume et compagnie –, c'est à cause de l'objectif de sa **mission** ! Alors qu'au loin, la maison du Père Noël ne se réduit déjà plus qu'à la colonne de fumée noire de la cheminée, Britannicus a encore du mal à croire qu'il est en train de pister ce **satané castor**. Pour lui demander de l'aide, en plus ! L'ours avait juré de s'en faire un hot-dog – oui, lui aussi – la prochaine fois qu'il croiserait son chemin.

– **Pff !** Le « Maestro » ! Comme il se la raconte avec ce surnom !

Bon, c'est vrai que ce gros rat à queue plate est plutôt doué pour sculpter des trucs avec ses dents : en quelques minutes, il peut vous faire surgir Mickey Mouse en tutu ou un angelot aux ailes déployées à partir d'une vieille bûche. Un talent que même Britannicus ne peut pas nier...

En définitive, le problème avec ce castor, c'est qu'il doit parfois s'arrêter de ronger. Et que, dans ces moments-là, il parle, il se vante, il fanfaronne, il roule des mécaniques, il...

– Bref, une vraie **tête à claques** ! ronchonne l'ours polaire lorsqu'une étrange odeur vient envahir ses naseaux.

Totalement immobile, il finit par repérer un mouvement à une centaine de mètres devant lui. Une forme marronnasse est en train de creuser dans la poudreuse.

Avec prudence (on ne sait jamais, cela pourrait être un lynx), Britannicus s'approche en s'aplatissant au maximum contre la neige. Il n'est plus qu'à un jet de tartine beurrée au miel de la « chose », quand il découvre un animal brun aux canines impressionnantes et ressemblant un peu à un ourson.

Sans doute un de ces fameux gloutons... se dit-il en se redressant de toute sa hauteur.

Mais l'autre est si occupé à fouiller le sol qu'il ne le remarque même pas.

– Hé ! Salut l'ami ! tente alors Britannicus, affable. Belle journée pour... pour... manger de la terre !?

En effet, une gueule couverte de gadoue vient de surgir du trou dans la neige.

L'animal est visiblement très sale **ET** très mal luné. À la vue de l'ours polaire, il se met aussitôt à grogner.

– Ah ! Te voilà, sale voleur !

Les crocs – **boueux** – bien en évidence, le glouton se raidit alors, prêt à bondir sur Britannicus...

7 Décembre

Rägnar et les rennes du Père Noël

Grâce à ses coussinets en forme de raquette, Rägnar semble survoler la poudreuse. Glissant sur le manteau blanc de l'hiver, le renard atteint rapidement l'orée de la forêt. Là, sous les premiers sapins, il se retourne vers la maison du Père Noël. Il plisse les paupières en espérant voir Britannicus marcher en direction du nord, mais l'ours polaire est soit trop éloigné, soit trop bien camouflé pour qu'il l'aperçoive.

Rägnar tend alors sa truffe vers le ciel, hume le vent glacial et repère aisément l'odeur de l'attelage.

– Tonnerre et les autres sont passés par là, murmure-t-il pour lui-même. Les retrouver va être un jeu de renardeau !

Il faut dire que les rennes n'ont pas vraiment essayé d'être discrets : entre les pommes de pin à moitié croquées, la neige aplatie par leurs sabots, et les tas de crottin laissés çà et là, c'est un boulevard que les cervidés ont tracé derrière eux ! Et une véritable provocation pour les rares prédateurs des Territoires Féeriques...

– **Quelle imprudence !** grogne Rägnar en remontant leur piste. Faut qu'ils fassent attention : ils ne vivent plus en sécurité dans une étable !

Après une bonne heure de course, le renard s'accorde une pause à l'abri d'un érable géant couvert de stalactites glacées. Le souffle court, il lape un peu de neige et plonge une patte dans son sac pour en sortir un sandwich au miel.

Rägnar finit d'avaler son en-cas lorsque des brames rauques s'élèvent derrière le rideau des arbres.

– J'y suis presque ! se réjouit-il en reprenant aussitôt sa route.

Le renard débouche enfin sur une vaste clairière. Là, des dizaines et des dizaines de rennes grattent le sol, à la recherche d'herbes tendres.

– Ah ! Ils ont réussi à rejoindre un troupeau ! constate Rägnar. Très bien ! Ça va me faciliter la tâche si ces têtes de mules refusent de changer d'avis...

Le renard repère facilement Tonnerre et sa bande au milieu des autres animaux et trottine directement vers eux. Les rennes le regardent s'approcher avec de petits sourires moqueurs.

– Regardez qui arrive, s'exclame Fougueux. Le **chouchou** du Papa Noël, en personne !

– Surprenant de le voir **HORS** de la maison, feint de s'étonner Tonnerre. J'espère qu'il n'a pas oublié son petit cache-cou !

– Et ses p'tites moumoufles ! ajoute Rudolph en rigolant.

Refroidi (c'est le moins que l'on puisse dire) par un tel accueil, Rägnar décide de faire la sourde oreille. Après tout, s'il a affronté le blizzard, c'est pour convaincre ces idiots de revenir, pas pour mordre des mollets à gogo.

– OK, messieurs, j'ai compris le message, dit-il afin de calmer le jeu. **VOUS** avez bravé les intempéries pendant des siècles avec le traîneau et pas moi. **VOUS** êtes les **vrais** héros de Noël, je le sais !

– Eh ben voilà ! s'amuse Fougueux. Enfin un peu de reconnaissance !

Le renard s'apprête à poursuivre son discours de réconciliation lorsque Tonnerre l'arrête d'un reniflement agacé.

– Ça ne sert à rien de nous passer de la pommade, **vieux flatteur** ! On sait ce que tu essayes de faire, et on ne changera pas d'avis.

Le ton du renne est sans appel. Pourtant, Rägnar ne peut s'avouer déjà vaincu. Il tente une nouvelle approche.

– Vous êtes sûrs ? Car je vais devoir recruter un autre attelage, et alors vous ne pourrez plus changer d'avis. La **sublime** sensation de voler risque de vous manquer...

Un concert de ricanements répond à sa piètre menace.

– Vas-y, fais-toi plaisir ! glousse Fougueux. Après ce qu'on a raconté aux autres, bonne chance pour trouver des volontaires !

Rägnar hausse les épaules. Il a assez perdu de temps avec ces lâcheurs. Il les laisse en plan pour aborder, tout sourire, un duo de femelles rennes en train de grignoter de l'écorce, et balance son baratin habituel :

– Bonjour, mesdames ! Que vous êtes jolies, que vous me semblez belles ! Sans mentir...

– Vous êtes le recruteur du Père Noël ? le coupe sèchement l'une d'elles.

– Euh... oui...

– Alors laissez tomber : on connaît la chanson. Prime de risque inexistante ! Vol sans parachute ! Zéro visibilité dans le ciel nocturne : même pas un projecteur, juste un **pif rouge** ! Je ne sais pas ce qu'attend l'inspection du travail pour vous tomber dessus...

Les deux rennes secouent gravement la tête.

– On n'est pas des pigeonnes ! déclare la première. Si vous cherchez des animaux assez stupides pour vous suivre, allez plus avant dans la forêt. Ici, on est courant des dernières nouvelles.

– À quelques kilomètres d'où nous sommes, vous trouverez une **colline pelée**, poursuit la seconde. Les rennes qui vivent là-bas n'ont peut-être pas encore entendu les histoires de Tonnerre et des autres.

Résigné, Rägnar comprend qu'il est inutile d'insister auprès de ce troupeau.

Réajustant son sac à dos, il quitte la clairière pour rejoindre les profondeurs du bois.

8 Décembre

Britannicus et le glouton

Britannicus recule d'un pas et lève les pattes en l'air : le glouton est peut-être un genre d'ours miniature mais ses crocs, eux, n'ont rien d'adorable.

– Ouh là, calmos, l'ami ! Je ne suis pas un voleur !

– Ah oui !? Et qui m'a chouré mes délicieuses **papillotes** ? Le sapin, là-bas ? Y a que toi et moi, ici, nouille des bois !

Britannicus, d'une voix calme, tente d'apaiser l'énervé.

– Des papillotes ? Tu veux dire des chocolats enveloppés dans du papier brillant ?

– C'est ça, fais celui qui ne sait pas ce qu'est une papillote alors que tu viens de boulotter ma réserve !

– J'ignorais que les gloutons mangeaient du chocolat, s'étonne l'ours polaire.

– On peut **TOUT** manger ! Mais le chocolat, c'est mon péché mignon !

– Eh bien moi, je ne mange que des tartines beurrées au miel ! Tu peux vérifier, si tu ne me crois pas.

D'un geste, Britannicus enlève son sac à dos et le lance vers le glouton, qui le renifle prudemment. L'absence d'odeur de cacao semble le calmer. L'ours en profite pour **enfoncer le clou**.

– Regarde ma fourrure blanche ! Si j'avais mangé tes papillotes, je me serais forcément un peu taché, non ?

Devant cet argument imparable, le petit mammifère se détend encore davantage et commence à se gratter la tête.

– Alors qu'est-ce que tu fiches au milieu des Vallons Glacés par -30 °C ? Du tourisme ?

– Je suis à la recherche d'une vieille connaissance. Un castor qui...

L'autre l'interrompt en ricanant :

– Si c'est le Maestro que tu veux, tu n'es pas le seul ! La moitié des gloutons du royaume est à ses trousses ! Le roi offre son poids en pâte d'amande à celui qui le capturera.

Britannicus soupire : se mettre à dos tout un royaume, c'est typique de ce **rongeur de malheur** !

– On peut savoir ce qu'il a fait ? demande-t-il en ravalant de justesse « cette fois-ci ».

– D'après les rumeurs, il aurait manqué de respect à notre roi **Gargantua**... Si tu me donnes une de tes tartines, je peux te conduire jusqu'à son igloo, ce n'est pas loin d'ici. Mais tu n'y trouveras personne : le castor a filé depuis belle lurette !

– Marché conclu ! Je dénicherai sans doute des indices là-bas, déclare l'ours en sortant de son sac un gros morceau de pain pour le glouton.

Ce dernier s'en saisit à la vitesse de l'éclair et l'engloutit bruyamment, projetant alentour miettes et gouttelettes de bave.

– Eh ben ! s'exclame Britannicus, fasciné. Tu manges vraiment comme un cochon !

Le glouton se contente de sourire de tous ses crocs avant de s'élancer sur une petite pente gelée.

– Viens ! Suis-moi... euh... Mais, au fait, tu es quoi exactement ?

– Je suis Britannicus. Un ours polaire.

– Waouh ! T'es le premier **nourspolaire** que je rencontre ! Moi c'est **Barbizon** ! Barbizon le glouton.

Les deux comparses arrivent maintenant sur un petit chemin enneigé qui serpente entre deux collines. Comme le vent y souffle un peu moins fort, ils en profitent pour faire plus ample connaissance.

– À ce que je sache, je suis le seul de mon espèce dans les Territoires Féeriques, explique Britannicus à son compagnon. Je suis arrivé sur un morceau de banquise...

– De banquise ?

– Un genre de gros glaçon...

– **Ha ha ha !** T'es un marrant, toi ! s'esclaffe Barbizon. Sur un glaçon ? Et pourquoi pas sur un cube apéritif ?

Puis, brusquement, le glouton cesse de rire et fait signe à l'ours de garder le silence. D'un mouvement de museau, il désigne un sinistre cagibi de planches noires enfoncé dans les herbes sèches, à l'écart du chemin. Une lugubre lumière rouge vacille à travers les carreaux sales de la maison.

– C'est la bicoque du Bonhomme de pain d'épice, chuchote Barbizon, les yeux écarquillés par la peur. Il ne faut jamais (**JAMAIS !**) s'en approcher : s'il te voit, il te transforme direct en boule de Noël !

Joignant le geste à la parole, le glouton accélère subitement, traverse d'épais bosquets de houx et grimpe au sommet d'une petite butte, puis d'une seconde...

Une fois la misérable bâtisse hors de vue, Barbizon reprend enfin un rythme plus tranquille.

Britannicus, plus habitué à se gratter le postérieur devant la cheminée qu'à sprinter dans la poudreuse, est à bout de souffle.

– **Pff**... on... on arrive... **pff**... bientôt ?

– On y est ! répond Barbizon en pointant une griffe vers l'avant. Voilà « l'humble tanière » du Maestro !

Sidéré, l'ours polaire doit s'arrêter pour frotter ses yeux : près d'un petit groupe de sapins, ce qu'il a d'abord pris pour une colline s'avère être un **gigantesque** dôme de givre.

Le genre de construction qui pourrait facilement abriter une patinoire municipale ou un stade de hockey sur glace !

Bref, l'igloo parfait pour un rongeur avec la folie des grandeurs.

9 Décembre

Rägnar dans la Forêt Enchantée

Avec précaution, Rägnar abandonne la clairière pour s'enfoncer plus loin dans la Forêt Enchantée.

Bien sûr, tant qu'il ne s'approche pas du **Piton Solitaire** à l'extrémité est des bois, l'antre de l'affreux Père Fouettard et de ses loups, le renard ne risque pas grand-chose. Un malin tel que lui évite facilement ces balourds aux dents longues quand ceux-ci s'aventurent hors de leur repaire. Pourtant, si la forêt est dite « enchantée », ce n'est pas sans raison !

Une foule de **créatures magiques** s'y cache. Parmi elles, on compte nombre de lutins, gnomes ou leprechauns espiègles et farceurs, dont l'un des plus grands plaisirs est de tourner en ridicule les visiteurs imprudents.

Pour un elfe, en effet, **quelle rigolade** de désorienter un voyageur et, après une journée de marche inutile, de le voir comprendre qu'il vient de revenir à son point de départ !

Rägnar, lui, n'est pas né de la dernière chute de neige. Il progresse lentement, hume chaque arbre pour créer une carte mentale de son itinéraire à travers les bois.

Mais la traque s'éternise. Plusieurs heures de reniflements attentifs plus tard, le renard n'a toujours pas trouvé la piste de l'autre troupeau de rennes, et ça commence à l'inquiéter.

Les deux femelles lui ont indiqué la direction sud, mais pas à quelle distance précise se trouvait la colline pelée : « quelques kilomètres » pour un cervidé peuvent très bien correspondre à deux jours de course **effrénée** pour un renard !

– À ce rythme, grogne Rägnar, je ne rejoindrai pas le troupeau avant **LA nuit magique** !

Oubliant toute prudence, il accélère le pas...

Il bondit dans les fourrés, fonce sous les branches basses en essayant de garder le cap. Tout de même, il devrait bien finir par tomber sur cette maudite colline pel...

– Nom d'un corbeau ! peste soudain Rägnar en arrêtant net sa course au bord d'un précipice rocheux.

Deux cents mètres plus bas, les flots sombres d'un torrent grondent à la manière d'une énorme bête endormie. Le renard ne reconnaît que trop bien le cours d'eau.

– La **Rivière Noire** ! glapit-il, effaré. Qu'est-ce que je fiche ici !? Je ne voulais pas du tout aller dans cette direction !

Un long frisson parcourt la nuque de Rägnar : de l'autre côté du gouffre, au-dessus de la végétation, se dresse un petit pic montagneux.

– Le Piton Solitaire ! s'alarme-t-il. Faut pas traîner ici !

Comme pour l'encourager à déguerpir au plus vite, un lointain hurlement, à moitié couvert par les grondements de la rivière, s'élève :

HOOOOOOOOOOOOOOOOUUUUUUUUUUUU !

Tandis que le renard gris rebrousse chemin en maudissant les farfadets qui font de ces bois un vrai labyrinthe, une petite voix se met à couiner juste derrière lui :

– Bouge tes fesses, petit poney ! Plus vite !

Surpris, Rägnar manque de trébucher sur une racine et de s'étaler dans la poudreuse.

– Que... Qui me parle !?

HOOOOOOOOOOOOOOOOUUUUUUUUUUUU !

Cette fois-ci, le hurlement est bien plus proche, et la tête de Cyrano émerge du sac à dos du renard.

– T'occupe, c'est juste moi ! J'avais envie de voir du pays ! Fonce, fidèle destrier ! **Fonce !**

Rägnar n'a pas le temps de réagir à la présence du lemming parmi ses sandwichs au miel ni à cette histoire de « fidèle destrier ». Autour d'eux, des silhouettes noires apparaissent et disparaissent entre les troncs d'arbres.

HOOOOOOOOOOOOOOOOUUUUUUUUUUUU !

Les loups ! Les loups sont sur eux !

Ravalant un cri d'effroi, le renard gris presse le pas. Concentré sur sa course, il sent à peine les petites pattes de Cyrano lui empoigner le cou.

– Jeeeeeeeeeeee croyaiiiiiiiiiiis qu'on avaivait signé un traitraité aveeeeeec ces saaaaaaaaaaales bêêêêtes ! réussit à articuler le lemming, pourtant bringuebalé en tous sens par sa monture improvisée.

– Tu veux qu'on s'arrête pour en discuter avec eux !? lui lance Rägnar en se faufilant entre les branches d'un arbre tombé.

– Garde ton souffle, petit poney !

En parlant de souffle, le renard commence à tirer sérieusement la langue à force de zigzaguer dans la neige.

Ses poursuivants, eux, ne cessent de gagner du terrain.

– J'en... j'en peux plus... halète misérablement Rägnar lorsque deux sentiers se dégagent brusquement face à lui.

Celui de gauche continue tout droit au milieu de gros rochers ; l'autre descend à travers les sapins.

– Va à droite ! **À droite !** l'encourage Cyrano en lui tirant les poils du dos.

Sans y penser, Rägnar suit les conseils du lemming et... débouche dans une espèce de cuvette verglacée, bordée par une muraille naturelle de roche.

– C'est pas vrai ! gémit le renard, aussi piteux que si on l'avait pris la main dans le poulailler. Une **impasse** ! On est fichus !

10 Décembre

Britannicus et l'igloo du Maestro

Plus Britannicus et Barbizon s'approchent de la structure de glace, plus ils ont l'impression de rapetisser. Du haut de la butte, l'igloo semble désormais écraser le paysage sous son immensité. En passant sous l'énorme portique de givre, Britannicus reste baba d'admiration.

– J'hallucine… C'est… **pharaonique** ! souffle l'ours qui aime bien les livres sur l'Antiquité.

Blasé, Barbizon hausse les épaules.

– Ça en jette pas mal, mais tu n'as encore rien vu ! Cet igloo avec une très belle hauteur sous plafond comprend une entrée, un vaste séjour offrant une vue panoramique sur les Vallons Glacés, une immense chambre froide, une cuisine équipée d'un distributeur de glaçons, une salle d'eau sans eau courante et, papillote sur la bûche de Noël...

Le glouton entraîne Britannicus dans une vaste salle circulaire.

– ... un **musée privé** !

Autour de l'ours polaire, des dizaines d'impressionnantes statues en bois sont exposées sur des socles de glace. Toutes représentent le Maestro dans des postures plus ou moins prétentieuses...

Ici, le castor terrasse un serpent géant avec une énorme massue.

Plus loin, couronne sur la tête, le voilà qui brandit un flambeau vers le ciel.

Là-bas encore, le rongeur est représenté en train de faire un gros pipi.

– Je vois que tu admires le *Castorkipis,* apprécie Barbizon en se grattant le menton. Un des plus grands **chefs-d'œuvre** du maître !

Mais il y en a beaucoup d'autres, au bout de la salle, tu vas pouvoir contempler le *Penseur de Rondins* et...

– Conduis-moi plutôt à la chambre froide, le coupe Britannicus qui en a déjà marre de voir partout la face de rat du propriétaire des lieux.

Barbizon fait claquer sa langue d'un air dépité et entraîne l'ours au premier étage jusqu'à la chambre du Maestro. À l'intérieur de celle-ci, ils ne trouvent évidemment **aucune trace** du rongeur. Seule une couverture en laine trouée a été abandonnée sur le lit en neige à mémoire de forme.

– Je t'avais dit qu'il avait filé ! lui rappelle le glouton.

Mais Britannicus ne l'écoute plus, il enfouit sa truffe dans le vieux plaid. Aussitôt, son flair **surpuissant** détecte la senteur musquée du castor, et l'imprime dans son cerveau.

– Euh... Tu crois vraiment qu'on n'a pas déjà pensé à renifler cette serpillière ? se vexe le glouton. L'odeur est trop ancienne !

– Pas pour moi, rétorque l'ours, tandis que la piste du Maestro se matérialise doucement devant lui. Mon odorat est capable de détecter une tartine beurrée au miel sous 1 mètre de neige et à plus de 30 kilomètres de distance !

Traquant le parfum du rongeur, Britannicus quitte la chambre froide, dérape sur les escaliers verglacés et sort de l'igloo.

– Les traces vont par là, commente-t-il, pensif. Elles suivent le chemin exact qui nous a menés jusqu'ici.

– Ne perdons pas de temps, alors ! s'excite le glouton. Et nous partagerons **TON** poids en pâte d'amande !

– Je te préviens, Barbizon, ce n'est pas pour livrer le castor à ton roi que je le...

– Au nom du tout-puissant Gargantua, arrêtez-vous ! ordonne soudain une voix autoritaire.

Crotte de chien de prairie ! Totalement focalisé sur la piste du Maestro, Britannicus n'a pas senti arriver la troupe d'une demi-douzaine de gloutons qui s'avance à présent vers lui. Le mufle menaçant, le chef du groupe continue à beugler :

– Le tout-puissant Gargantua exige de rencontrer tous les étrangers qui entrent ou sortent de la demeure du traître. Veuillez nous suivre !

L'ours polaire est bien embêté.

– C'est que je n'ai pas trop le temps, explique-t-il. **LA nuit magique** est dans seulement...

– Suivez-nous ! répète le glouton. De gré ou de force...

Barbizon, lui, n'en mène pas large.

– Je te conseille d'obéir, mon pote. C'est pas des rigolos, ceux-là !

À regret, Britannicus jette un œil vers la piste du castor puis capitule.

– OK ! Très bien ! Allons-y ! Mais **rapido** alors...

Encadré par les gardes gloutons du roi Gargantua, l'ours polaire est conduit à travers une plaine battue par le blizzard jusqu'aux pentes d'une petite montagne, au bord d'un lac gelé. De nombreux trous percent la paroi rocheuse, et Britannicus peut entendre une drôle de musique mêlée à de nombreuses voix s'en échapper.

– Dans le ventre du **Mont Crémeux**, s'étend notre capitale, explique le chef des gardes avec un grand geste de la patte.

Tandis qu'ils pénètrent à l'intérieur de la montagne, celui-ci ajoute avec fierté :

– Bienvenue à **Gloutonville** ! Aussi appelée « la ville des Noëls sans fin » !

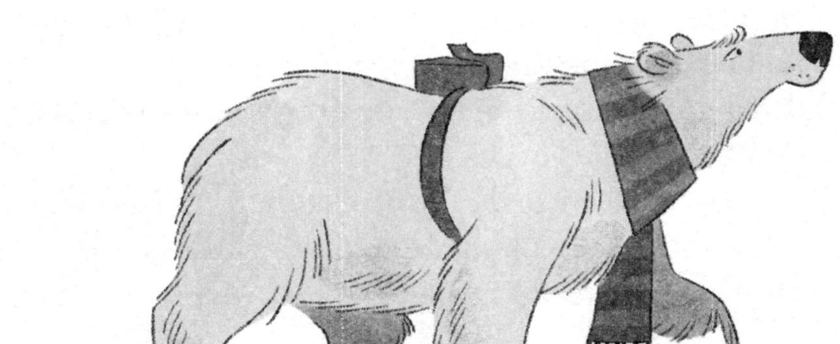

11 Décembre

Rägnar et Crocs-Jaunes

Le cœur battant, Rägnar renifle les parois du piège dans lequel lui et Cyrano viennent de se jeter. Le moindre terrier de lièvre ou de marmotte ferait une bonne cachette. Il suffirait de rentrer un peu le ventre ! Mais le renard a beau s'user les naseaux sur les murs glacés, il ne trouve **aucune** issue.

En revanche, Rägnar a très bien senti la meute qui arrive. Les loups, sachant leur proie acculée, ont même ralenti leur course. Ils descendent sans se presser la pente boisée, dévoilant des rangées et des rangées de canines.

– Ça par exemple, les gars ! se réjouit l'un d'eux, moins grand et plus maigre que les autres. Le joli **chien-chien** à son Pépère Noël !

Instinctivement, Rägnar se tapit au sol et, déclenchant l'hilarité de la meute, montre lui aussi les dents.

– Fais attention, **Oméga**, s'esclaffe un loup plus imposant, ses yeux jaunes transperçant la pénombre : ce renard a son petit caractère !

Une autre bête de belle taille s'exprime à son tour :

– Et regardez sur son dos ! Qu'avons-nous là ?

Le lemming, toujours accroché à la fourrure de Rägnar, a les incisives qui jouent des castagnettes.

– Je... je suis Cyrano ! parvient-il à articuler, malgré ses claquements de dents.

Le loup aux yeux jaunes se lèche le museau avec gourmandise.

– Cyrano ? Tu m'en diras tant ! Plutôt la cerise sur le gâteau ! **Hé hé !**

La meute éclate à nouveau de rire jusqu'à ce qu'un grognement menaçant impose brutalement le silence.

Les loups s'écartent prestement pour laisser le passage à un énorme spécimen au pelage noir tacheté de blanc. Des flammes semblent danser au fond des prunelles rougeoyantes du gigantesque animal, qui s'arrête à quelques centimètres des deux amis terrifiés.

– Très drôle, **Bêta-1**, gronde-t-il en affichant un chaos de dents sales et pointues comme des aiguilles.

Puis, s'adressant à Rägnar et Cyrano, il poursuit :

– Je suis **Crocs-Jaunes**, le loup Alpha de cette meute.

Rägnar, oreilles rabattues, se tasse encore un peu plus sur lui-même.

– Je te connais, serviteur du Père Fouettard ! rétorque-t-il courageusement. Je t'ai souvent aperçu dans ces bois. Tu n'es pas sans savoir que nos maîtres sont en paix en ce moment...

– Ah oui, soupire Crocs-Jaunes. La **fameuse** trêve de Noël... Ceci étant dit, nous sommes vraiment isolés dans cette partie de la forêt. J'ai beau chercher, je ne vois personne pour empêcher un drame de se produire...

Un éclat mauvais dans les yeux, il lance :

– Avant tout, j'aurais une simple question : « Avez-vous été bien sages, cette année !? »

Comme un seul loup, l'ensemble de la meute se rapproche de Rägnar et Cyrano.

– Ils m'ont l'air de vrais **garnements**, grommelle Bêta-1.

– Ils méritent une bonne correction, ajoute Oméga, le museau écumant de salive.

D'un jappement, Crocs-Jaunes retient pourtant sa troupe.

– Attendez ! Laissons-leur une chance, on n'est pas des bêtes ! Écoutez bien, « serviteurs du Père Noël » : si vous trouvez la solution à cette devinette, je vous laisse partir... Croix de bois, croix de fer ! Si je mens, Oméga va en enfer !

Avant que Rägnar ne puisse répondre, Cyrano se redresse timidement sur la tête du renard.

– Marché conclu ! J'suis **fortiche** pour les charades !

Lorsqu'il se remet à parler, c'est un véritable incendie qui brûle dans les yeux de Crocs-Jaunes :

« On me prend, sans me saisir,
Je suis le premier sans être le dernier,

Sans moi, la journée est mal commencée
Et pourtant, trop souvent je suis oublié ! »

À peine le loup a-t-il fini d'énoncer l'énigme que le lemming lance, plein de conviction :

– Le **vent** ! C'est le vent !

– N'importe quoi, s'agace le renard. En quoi l'absence de vent ferait que la journée commence mal ?

– Ah oui, pas faux ! Alors, c'est un petit popo ! C'est important d'aller aux toilettes le matin...

– Plus qu'une chance, s'amuse Crocs-Jaunes. Réfléchissez bi...

– **Je sais !** le coupe Rägnar. C'est le petit déjeuner !

L'énorme loup cesse brusquement de sourire. Un peu surpris, il penche la tête sur le côté à la manière d'un gros chien. Il se reprend néanmoins rapidement pour montrer de nouveau les crocs.

– Bravo, petit renard, tu as trouvé ! Mais moi, je t'ai menti. Et maintenant, les amis : **bon appétit** !

Tandis que les loups font mine de se jeter sur Rägnar et Cyrano horrifiés, un feulement aigu les arrête net.

Au-dessus d'eux, perchées en haut de la muraille rocheuse, viennent en effet de surgir plusieurs grosses têtes aux oreilles en pinceaux.

– Les lynx ! gémit plaintivement Bêta-1. **Sauve qui peut !**

12 Décembre

Britannicus et la ville des Noëls sans fin

À peine entré dans Gloutonville, Britannicus est frappé par deux choses : l'odeur de confiserie qui embaume les galeries au point de lui donner mal au cœur et les décorations de Noël abîmées, délavées ou en partie brisées qui surchargent les parois rocheuses.

Croyant lire de l'admiration dans les yeux de l'ours polaire, le chef des gardes gonfle le torse.

– Notre ville est **LA** véritable capitale de Noël ! Voyez, nous arrivons sur la Grand-Place !

Une vaste salle souterraine s'ouvre en effet au bout du tunnel emprunté par la troupe. Au centre de celle-ci, un immense sapin un peu défraîchi se dresse jusqu'au plafond. Les centaines de guirlandes lumineuses qui enserrent son tronc jusqu'à le faire disparaître émettent une telle lumière que Britannicus, ébloui, met une patte devant ses yeux.

– C'est l'**arbre royal**, commente Barbizon. Il est allumé toute l'année...

Autour du conifère, une foule de gloutons semble traîner la patte : certains entonnent mollement des chants de Noël, d'autres se gavent de pâtes de fruits ou ouvrent des paquets cadeaux d'un air blasé.

Alors qu'ils quittent la Grand-Place pour gravir de larges escaliers de marbre, Britannicus se penche vers son compagnon.

– Je ne comprends pas. **LA nuit magique** est seulement dans une semaine...

– Ici, c'est **tous les jours** Noël, explique Barbizon.

– Tous les jours... ? répète l'ours, incrédule. Comment est-ce possible ?

Alors qu'il pose cette question haut et fort, leur petit groupe pénètre dans un amphithéâtre.

Des gradins de pierre noire entourent un trône **titanesque** sur lequel siège un glouton non moins imposant. Tout habillé de rouge, celui-ci les regarde avancer en ricanant.

– « Comment est-ce possible », étranger ? déclare-t-il d'une voix de stentor*. Le plus simplement du monde : il suffit de le vouloir, voyons !

Le gros glouton se redresse péniblement. Son costume est si serré qu'il menace de craquer à chacun de ses mouvements.

– Moi, Gargantua, souverain suprême des gloutons, en ai décidé ainsi ! Je ne suis pas comme ce rat de Père Noël qui ne consent à descendre du ciel qu'une fois par an ! **UNE FOIS PAR AN !** Avec moi, c'est tous les jours les cadeaux ! Tous les jours le festin ! Et mon peuple nage dans le bonheur !

D'un geste de la patte, le roi montre l'assemblée de ses sujets éparpillés tout autour. Le teint verdâtre, beaucoup grignotent des pâtisseries du bout des dents ou roupillent, le ventre distendu. Des tas de présents abandonnés et à

* Une voix forte. Dans la mythologie grecque, Stentor est un personnage à la voix si forte qu'elle peut couvrir celles de cinquante hommes.

moitié déballés couvrent le sol de la salle du trône.

Pour Britannicus, personne ici n'a l'air particulièrement heureux.

– À force de fêter Noël, rétorque-t-il au roi, vous ne craignez pas de ne plus rien célébrer du tout ?

– Un petit **insolent** à la langue bien pendue ! s'exclame le monarque, le sourire mauvais. Au lieu de dire des bêtises, raconte-moi plutôt ce que tu faisais chez ce castor de malheur.

Après une courte hésitation, Britannicus décide de dire la vérité.

– Je cherche le Maestro car j'ai un travail de la plus haute importance à lui confier.

Agacé, Gargantua s'avance sur son trône et, tel un culbuto géant, manque de basculer par terre.

– Si c'est vraiment crucial, je te conseille de chercher quelqu'un d'autre. Tu n'imagines pas comment cet **énergumène** a osé me sculpter ! On aurait cru un tonnelet ! Ou non : carrément un tonneau ! Et au lieu de s'excuser platement, le soi-disant artiste s'est permis de m'insulter ! Si jamais je repose ma patte sur lui, je m'en ferai une jolie toque pour l'hiver. Mais dis-moi, quel travail veux-tu lui confier ?

Nouvelle hésitation de Britannicus.

– Euh... Santa a eu un accident. Il faut reconstruire un traîneau **de toute urgence** pour...

Gargantua, aussi vif que le lui permet sa corpulence, saute sur le sol et roule jusqu'à l'ours polaire.

– Tu... tu fais vraiment partie de l'équipe du Père Noël !? demande-t-il avec une joie mal contenue. Et tu es quoi ?

– C'est un nourspolaire, intervient Barbizon. Il est arrivé ici sur un cube de fromage !

Les yeux brillants, le roi des gloutons dévisage Britannicus.

– C'est le destin qui t'envoie ! J'ai tant de questions à te poser ! Ensemble, nous allons pouvoir peaufiner **mon Noël à moi** !

– Ça aurait été un honneur, bafouille Britannicus. Malheureusement, j'ai...

– **Ta ta ta !** le coupe Gargantua, l'œil menaçant. Ce n'est pas une proposition mais un ordre.

Puis il se tourne vers ses soldats.

– Gardes, emmenez-moi ce nourspolaire au cachot ! Installez-le bien : après tout, c'est un invité de marque, et il est là pour un moment...

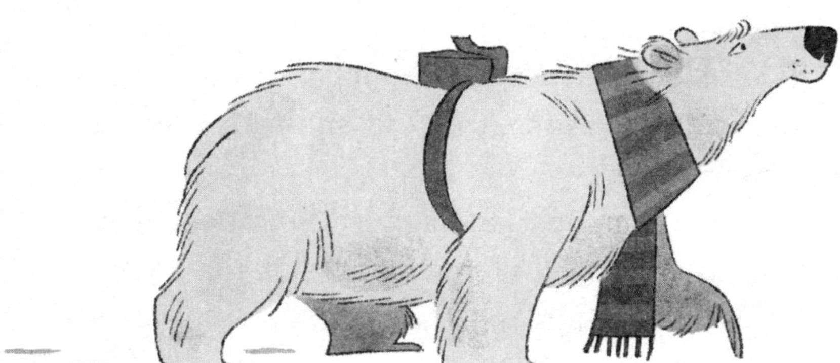

13 Décembre

Rägnar et les lynx

L'apparition des félins fait souffler un **vent de panique** chez les loups. Sans demander leur reste, Oméga, Bêta-1 et les autres détalent la queue entre les jambes. Même Crocs-Jaunes, qui est pourtant loin d'être une mauviette. Il jette un dernier regard incandescent vers Rägnar et Cyrano avant de suivre les autres à contrecœur.

Si le renard est soulagé de voir déguerpir le loup Alpha et sa meute, il sait qu'il n'est pas sorti d'affaire pour autant. De plus gros prédateurs bondissent à présent de leur perchoir pour les rejoindre.

Au nombre de quatre, les lynx – l'ours polaire avait donc **raison** !!! – atterrissent sans bruit sur le sol glacé. Leur épaisse fourrure d'hiver les rend presque aussi imposants que Britannicus, mais ils paraissent infiniment plus agiles. Rägnar, la gorge sèche, les observe avec un mélange de fascination et d'inquiétude, détaillant leurs étranges barbiches, leurs oreilles en pinceaux... et leurs larges pattes au bout desquelles brillent des griffes **acérées**...

Le plus gros des félins, un individu au pelage fauve et aux prunelles vertes, semble écouter la forêt avant de hocher la tête d'un air satisfait.

– C'est bon, les loups ont traversé la rivière ! feule-t-il vers ses compagnons.

Puis, s'asseyant tranquillement dans la neige, il s'adresse à Rägnar et Cyrano :

– Vous l'avez échappé belle... Si ce sadique de Crocs-Jaunes aime jouer avec sa nourriture, il finit toujours par la **croquer**...

– Ah ouais ? J'aurais bien aimé voir ça, fanfaronne le lemming. J'étais à deux coussinets de lui balancer un coup de patte retournée entre les deux...

Pour le faire taire, le renard envoie valdinguer Cyrano dans la poudreuse d'un brusque mouvement d'épaule.

– Merci de nous avoir sauvés... dit-il aux félins. Mais... euh... vous ne comptez pas nous manger, alors ?

Les quatre lynx prennent une mine dégoûtée.

– **Arf !** *Niet* !* Pas d'inquiétude à avoir, assurent-ils d'une même voix. Nous ne mangeons rien.

– Comment ça « rien » !? demande le lemming dont la tête vient d'émerger d'un tas de neige. Même pas une tartine beurrée au miel de temps en temps ?

– Nous ne sommes pas de simples lynx, explique le félin à la robe fauve. Je suis **Dimitri**, et voici mes frères **Ivan**, **Alexeï** et **Smerdiakov**. À nous quatre, nous sommes l'esprit de ces bois.

– L'esprit de la Forêt Enchantée ? relève Rägnar, sidéré. J'ignorais totalement votre existence ! Pourquoi je ne vous rencontre qu'aujourd'hui ?

Dimitri se relève et se gratte derrière l'oreille.

---

* « Non » en russe.

– Nous sommes **très** discrets... reprend-il une fois ses démangeaisons soulagées. En général, nous n'apparaissons que pour faire respecter les lois de la forêt. Or, les loups n'avaient aucun droit de vous attaquer en pleine trêve de Noël.

Alexeï, un lynx blanc aux barbiches noires, s'approche de Rägnar. Le museau froncé, il plonge son regard azur dans celui du renard.

– Que faites-vous ici, au plus profond de la toundra, alors que **LA nuit magique** est pour bientôt ? Ne devriez-vous pas aider Santa pour les derniers préparatifs ?

– Nous n'avons pas le choix, raconte le renard gris. Nous sommes à la recherche d'un nouvel attelage. L'ancien nous a lâchés...

Les félins redressent simultanément les pinceaux qui leur servent d'oreilles.

– Vous pensez à ce que je pense, mes frères ? lance Ivan en cessant de lécher son pelage bleuté.

– **Mmm...** C'est vrai qu'il faut des bêtes particulièrement courageuses pour braver l'altitude et le froid ! commente Dimitri.

– Il faut aussi qu'elles s'entendent à la perfection pour les manœuvres en plein ciel ! ajoute Alexeï.

– *Da**, c'est l'attelage **parfait** ! conclut Smerdiakov, le dernier lynx à la fourrure noire.

Rägnar, plein d'espoir, bondit sur ses pattes.

– Vous connaissez vraiment des animaux capables de m'aider !? Capables de **sauver Noël** !?

Pour toute réponse, les quatre félins se mettent à trottiner en file indienne vers la sortie de la cuvette. Chacun mettant ses pattes dans les empreintes de celui qui le précède, il n'y a presque aucune trace de leur passage.

Impressionné, Rägnar s'élance à leur poursuite, Cyrano sur son dos.

Il lui faut un certain temps pour comprendre que ses guides sont en train de les ramener vers la Rivière Noire.

– Dimitri ! Attends une seconde ! s'exclame-t-il en essayant de rattraper le lynx de tête.

Il y parvient juste au moment où la petite troupe arrive devant un pont de pierre sombre. Dans la roche, de chaque côté de la passerelle, sont gravés de **sinistres fouets** accompagnés des mots suivants :

* « Oui » en russe.

« Gare aux enfants désobéissants ! »

À cette vue, Rägnar déglutit difficilement.

– Et... euh... il se trouve où, cet attelage parfait ?

L'air de rien, comme s'il parlait de la météo du jour, Dimitri déclare :

– Au Piton Solitaire. Dans les prisons du Père Fouettard...

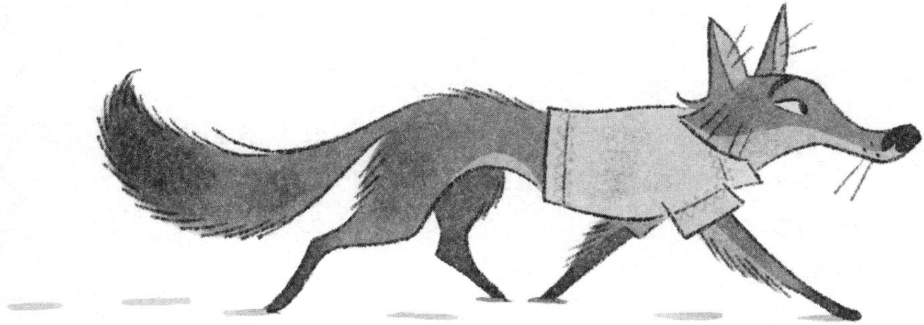

14 Décembre

Britannicus en prison

Britannicus ouvre les yeux et met quelques minutes à se rappeler pourquoi il vient de s'éveiller dans cette pièce sombre, minuscule et humide. Puis, tout lui revient : les gloutons, la pâte d'amande, Gargantua...

Déprimé, l'ours trace un trait sur le mur de sa cellule : une nuit déjà passée au fond de ce trou ! Plus que cinq avant Noël...

Il quitte le tas de paille sur lequel il était étendu et commence à faire les cent pas. Dans le silence de la prison, son cerveau tourne **à plein régime**.

Il s'inquiète pour Rägnar.

Où est le renard gris à l'heure actuelle ? A-t-il trouvé des rennes remplaçants ? A-t-il croisé des loups ? Un lynx !?

Il pense aussi à son ami Santa.

Il doit sûrement être réveillé, à présent ! Mais si ce n'est pas le cas ? Est-ce que cette andouille de Cyrano s'occupe bien de lui ? Quelle idée d'avoir laissé le Père Noël sous la surveillance de ce lemming ! Heureusement que Rocks et Rocky, les deux élans, ne sont pas loin, au cas où...

Perdu dans ses pensées, Britannicus entend à peine la porte de son cachot s'entrebâiller en grinçant. La voix de Gargantua résonne depuis l'extérieur.

– Ouvre plus grand, **imbécile** ! Comment veux-tu que je rentre !? Tu m'as pris pour une belette !?

Cette fois-ci, la porte pivote totalement, laissant apparaître un garde et l'imposant roi des gloutons.

Ce dernier entre dans la cellule, titube de-ci de-là, sur de petites pattes trop faibles pour supporter le poids de son **énorme** corps.

– Mon ami ! s'exclame-t-il avec un sourire à faire pâlir d'envie n'importe quel chat du Cheshire*. Je sais que tu as à faire, mais plus vite tu répondras à mes questions, plus vite je te laisserai partir...

Britannicus envisage un instant de bousculer le roi avant de courir tête baissée jusqu'aux portes de Gloutonville. Pourtant, au lieu de lui rentrer dans le lard, il souffle un grand coup et décide de **rester zen**.

– OK. Allez-y. Que voulez-vous savoir ?

– Eh bien, tout d'abord, pourrais-tu m'expliquer cette étrange histoire de « petits souliers » qu'il ne faut surtout pas oublier ?

– C'est le **b.a.-ba**, Majesté ! s'étonne l'ours. Les gens mettent leurs chaussons au pied du sapin pour que le Père Noël les remplisse de cadeaux et de friandises.

Le roi fronce le museau.

– Des chaussons aux pommes, tu dis !? Mais les cadeaux vont être recouverts de compote ! Ça n'a pas de sens...

– Mais non, allons ! s'agace Britannicus. Des

---

* Le chat tigré dans *Alice au pays des merveilles*.

chaussons tout court. Des chaussures d'intérieur, quoi !

– **Mmm**, je vois... Et si on ne porte jamais de chaussons ?

– Toute cette histoire n'a rien d'obligatoire, de toute façon. Vous pouvez très bien ne rien mettre au pied du sap...

– Je préfère ça, soupire l'autre, soulagé. Sinon, comment faire rentrer 50 ou 60 kilos de pâte de fruits dans de minuscules souliers !? C'est **impossible** !

L'ours toussote.

– L'esprit de Noël, ce n'est pas offrir des tonnes de bonbons, Majesté. C'est une célébration de l'amour... pas de la gloutonnerie.

Gargantua se fige un instant et observe Britannicus avec un air mi-figue mi-zinzin.

– Tu plaisantes, c'est ça ? demande-t-il enfin. **Haha !** Quel marrant ce nourspolaire ! Bon, faut que je te laisse : je dois distribuer une nouvelle fournée de cadeaux à mon peuple. Je reviens tout à l'heure après le troisième banquet de la journée !

Le roi des gloutons se traîne alors jusqu'à la porte de son cachot et disparaît aussi lourdement qu'il était arrivé.

À nouveau seul dans la pénombre, Britannicus regrette de ne pas avoir foncé dans le tas. Quelle perte de temps ! La prochaine fois que ce pauvre Gargantua débarquera ici pour poser ses questions idiotes, il saisira sa chance ! S'il se jette sur la porte au moment **précis** où celle-ci se déverrouille, il pourra même bénéficier d'un bel effet de surprise.

Tiens, d'ailleurs, en parlant de serrure qui se débloque, voilà que quelqu'un entre rapidement dans sa prison !

– Nom d'un chien de prairie, j'étais pas prêt ! grogne Britannicus entre ses dents avant de reconnaître l'odeur du visiteur.

– Bar... Barbizon !?

– Oui, c'est moi ! chuchote son complice en posant un gros sac de jute sur le sol de la cellule.

– Qu'est-ce que tu viens faire ici ?

– Ce qui t'arrive est vraiment **trop injuste**. Je sais que t'es un super mammifère. Pas le genre à voler des papillotes !

L'ours polaire hausse ses grosses épaules.

– Merci, Barbizon, c'est sympa... Mais qu'est-ce que tu veux y faire ?

– Ça paraît plutôt évident, non !? Je vais t'aider à t'évader, **pardi** !

15 Décembre

Rägnar et le Père Fouettard

Le Piton Solitaire est à présent très proche, et Rägnar a l'impression que le lugubre sommet est sur le point de les écraser. Narines dilatées, oreilles dressées, le renard s'oblige à suivre Dimitri et ses frères malgré une **pressante envie** de détaler vite fait dans les fourrés.

Il a tellement entendu d'histoires horribles sur ce lieu où l'influence bienveillante de Santa est remplacée par celle, sévère et cruelle, du Père Fouettard, que chaque pas lui demande un effort de volonté.

Alors que le murmure de la Rivière Noire derrière eux devient presque inaudible, Dimitri s'arrête enfin près d'un énorme bosquet de houx.

– Là ! chuchote-t-il. Dans la paroi !

Tout autour d'eux, la Forêt Enchantée s'est **terriblement** assombrie. Rägnar plisse les paupières et découvre avec surprise que le Piton est déjà à portée de truffe ! Au milieu de la surface rocheuse qui leur fait face, il discerne la lueur métallique d'une porte de prison. Celle-ci condamne l'entrée d'une petite grotte.

– L'attelage est juste derrière ces barreaux, continue Dimitri, les prunelles aussi luisantes que des lucioles.

– OK mais comment libérer les rennes ? questionne Rägnar.

Le lynx échange de rapides coups d'œil avec ses frères puis, d'une patte, montre de petits escaliers creusés dans la roche. Presque invisibles dans l'éternelle pénombre du domaine du Père Fouettard (ici, pas d'aurore boréale, le ciel est toujours masqué par un tourbillon de nuages noirs), ils paraissent grimper jusqu'au sommet du Piton.

– Pour ça, il te faut une **clef**, une grosse clef dorée, répond enfin Dimitri. Elle est accrochée près du poêle, dans la maison du Père Fouettard. Tout en haut de ces marches...

Rägnar, abasourdi, digère l'information en silence. Cyrano, étonnamment calme jusqu'à présent, retrouve subitement la parole.

– Vous voulez que **NOUS**, on aille **DANS** la maison du Père Fouettard !? Mais vous êtes de **GRANDS** malades ! On va se faire fouetter ! On va se faire croquer ! On va se faire ratiboiser ! On va...

– Calme-toi, petit lemming, intervient Alexeï, amusé. La Forêt est avec vous. Tout devrait bien se passer.

– Nous n'avons pas le choix, Cyrano, ajoute à son tour Rägnar. Si on se dégonfle, il n'y aura pas de Noël cette année !

Joignant le geste à la parole, il s'élance hors du bosquet de houx et rejoint les premières marches.

Sans trop réfléchir à ce qui les attend là-haut, le renard grimpe les escaliers aussi vite que possible. Au bout de ce qui lui paraît une éternité, une lueur apparaît brusquement au-dessus d'eux. **Un feu !**

Un feu danse à travers les volets d'une grande maison accrochée sur le versant du Piton.

– Je crois qu'on y est, halète Rägnar.

– Sans blague, rétorque platement Cyrano en tirant sur les oreilles du renard. Sois discret !

Le renard serre les dents et trottine jusqu'à l'une des fenêtres de la demeure. D'un bond silencieux, il atteint le rebord. Il pousse la vitre et avance prudemment son museau à l'intérieur des ténèbres du bâtiment où seules les flammes apportent un peu de lumière tout en étirant les ombres.

Près de la cheminée, dos à Rägnar, un homme très grand et très maigre fait bouillir des choux de Bruxelles dans une énorme marmite. Autour de lui, allongée sur le sol, la meute de Crocs-Jaunes se repose en faisant mine d'ignorer l'**infecte** odeur des légumes.

– Mes corneilles m'ont averti que Santa n'est plus en état de célébrer Noël, ricane le Père Fouettard en remuant sa popote. Que les lynx soient intervenus ou non, je crois qu'une grande année se prépare ! **Haha !**

– Pas de fête imbécile ! renchérit le loup Alpha. Pas de cadeaux idiots, ni de bons sentiments écœurants !

– Bien parlé, mon cher Crocs-Jaunes. La vie, ce n'est pas les petits oiseaux, les câlins, le traîneau et toutes ces fadaises ! La vie, c'est **dur** ! La vie, c'est **difficile** ! La vie...

Alors que le Père Fouettard disserte sur l'existence, Rägnar repère un éclat doré sur le mur, en face de lui.

– Cyrano ! La clef est juste là ! souffle-t-il, le cœur battant. La puanteur du chou devrait couvrir mon odeur... J'y vais !

– Attends ! le bloque Cyrano en tirant cette fois sur les babines du renard. Je suis plus petit que toi ! Laisse-moi y aller !

Sans attendre la réponse de son compagnon, le lemming saute dans la maison et, aussi discret qu'une fouine, récupère la clef. Rägnar le regarde revenir vers lui, les yeux comme des soucoupes.

– Oui, je sais, déclare Cyrano en se lissant les moustaches : je suis le plus grand des voleurs. Mais je suis aussi un **gentleman**...

Telles des ombres, les deux amis s'apprêtent à redescendre vers la prison lorsque le visage du Père Fouettard pivote brusquement vers la petite fenêtre. Rägnar et Cyrano se figent.

– **Groumpf !** Ça sent les bêtises ! grogne le lugubre individu, les narines palpitantes.

Tandis qu'il s'avance vers eux, le renard et le lemming terrifiés s'aplatissent dans l'ombre.

– Ça empeste le mauvais tour... continue le Père Fouettard en se frottant les mains.

Rägnar retient son souffle. Par la barbe de Santa, plus qu'un pas, et ils seront **découverts** !

– Ça pue surtout le chou de Bruxelles, si vous voulez mon avis, intervient alors Oméga d'un air blasé.

– Vraiment !? On se plaint de ma cuisine ? mugit le propriétaire des lieux en se tournant vers ses loups. On préférerait sans doute se goinfrer de ridicules petits gâteaux en forme de sapin, c'est ça ?

– Mais non, mais non... répond Oméga pour apaiser son maître.

Profitant de cette diversion, Rägnar saisit Cyrano par la peau du cou, saute dans la neige et **déguerpit** loin de la sinistre maison.

16 Décembre

Britannicus s'évade

Pas peu fier d'être entré aussi facilement dans la prison de Britannicus, Barbizon raconte :

– J'ai distribué de la bûche aux gardes postés devant ta cellule. Un truc **bien lourd** à base de crème de marrons ! Comme ils s'étaient déjà gavés au petit déj' de Noël, ce matin, ils n'ont pas traîné pour piquer de la truffe dans leur assiette ! **Haha !** Je suis un vrai **génie** !

Malgré l'enthousiasme de son ami, l'ours polaire reste perplexe.

– C'est bien... euh... pensé, bravo ! Seulement que faire une fois hors de la prison ? On ne peut pas dire que je passe inaperçu à Gloutonville...

Le sourire de Barbizon s'élargit.

– T'inquiète pas, Blanche-Neige ! La **solution** est dans mon cabas !

– Je ne vois pas comment des pâtes de fruits vont m'aider à me fondre dans le décor, doute Britannicus, dont le flair surpuissant a déjà analysé le contenu du sac.

– Élémentaire, mon cher nourspolaire ! rétorque le glouton en plongeant une patte à l'intérieur. Cependant ton odorat s'est trompé ! Ce ne sont pas des pâtes de fruits mais du **sucre roux** !

Barbizon fait glisser la poudre brune entre ses griffes.

– Tu vois où je veux en venir ?

– Je crains que oui...

Sans laisser à Britannicus le temps de réagir, le glouton saute sur son dos et vide le gros sac au-dessus de sa tête. Des **milliards** de cristaux collants se fixent sur chacun de ses poils, ternissant la belle fourrure blanche en un joli marron clair.

– Roule-toi dedans ! l'encourage l'autre. Il faut bien répartir le sucre.

Au bout de quelques minutes, l'ours polaire est devenu un ours brun. Il ressemble presque à un très grand glouton.

– Voilà ! Parfait ! applaudit Barbizon. Alors, comment tu te sens ?

– J'ai l'impression d'être une énorme barbe à papa, mais ça va...

Les deux amis sortent de la cellule sur la pointe des coussinets.

– Suis-moi, chuchote le glouton en enjambant un gardien en train de ronfler dans son dessert. On va passer par les **plantations de bonbecs**. Le chemin n'est pas très fréquenté.

Rapidement, les fugitifs se faufilent dans une galerie à peine assez large pour Britannicus. Ils y parcourent un long trajet sans rencontrer âme qui vive.

Puis le tunnel s'élargit jusqu'à déboucher sur une vaste étendue souterraine, où s'alignent des dizaines d'étranges arbres blancs.

– Ce sont les pâtedefruitiers, commente le glouton. Et les arbustes au fond, ce sont des pâtedamandiers... Toutes ces sucreries poussent **à foison** ici.

Après un long soupir, il ajoute :

– Ce qui n'est pas le cas des papillotiers...

Mais Barbizon n'a pas le temps de s'étendre sur le douloureux sujet des papillotes perdues : une paire de gloutons portant des paniers sur la tête s'avancent vers eux en poussant des cris d'admiration.

– Bon sang ! Quel gabarit ! s'exclame le premier en s'approchant de Britannicus.

– Ah ça, c'est une **belle bête** ! concède le deuxième, impressionné. Vous faites de la muscu ?

Alors que l'ours polaire bafouille une réponse, les curieux posent leurs paniers pleins de confiseries et avancent timidement leurs truffes.

– Permettez que je vous renifle les aisselles, juste pour faire connaissance...

– Ma parole – **sniff sniff !** –, vous sentez le bonbec ! Et – **sniff sniff !** – dessous... y a comme une odeur...

Les deux gloutons se redressent en même temps.

– Mais ! Vous n'êtes pas un glouton ! Alerte ! **ALERTE !**

Comme un seul mammifère, Britannicus et Barbizon foncent vers la première galerie qui s'ouvre devant eux. Heureusement, alors que les cris d'alarme se propagent dans tout Gloutonville et que de nombreux gardes se ruent à leur poursuite, la lumière du jour apparaît faiblement au bout de leur tunnel.

– On a du bol ! s'écrie Barbizon en accélérant encore sa course. Ce passage mène directement à l'extérieur !

Derrière eux, la meute des poursuivants gagne néanmoins du terrain.

– Ne ralentis pas ! grogne Britannicus, ébloui, en déboulant hors du Mont Crémeux. On va retrouver la piste du Maestro !

Sprintant dans la neige, l'ours se dirige d'abord vers l'igloo gigantesque du castor. Après une course **effrénée**, il met quelques longues minutes à repérer les traces du rongeur. Au loin, la horde des gloutons s'est encore rapprochée.

– Nom d'un chien de prairie ! Ils vont finir par nous lâcher les raquettes, ceux-là !?

– Un glouton n'abandonne **jamais** sa proie, regrette Barbizon en aplatissant les oreilles.

Avec l'énergie du désespoir, les fugitifs accélèrent encore. Suivant l'odeur du rongeur, ils fendent la poudreuse jusqu'à apercevoir le lugubre cagibi du Bonhomme de pain d'épice...

– Par toutes les papillotes du monde ! s'exclame Barbizon. Nous revoilà devant cette maudite bicoque !

– D'après mon flair, le Maestro est à l'intérieur !

– On va quand même pas entrer là-dedans ! Tu sais ce qu'on raconte ! Ce type est un sorcier, un **monstre**...

Les gloutons sont si proches à présent que Britannicus peut sentir leur haleine chargée de sucre.

– On n'a pas le choix ! lance-t-il en reprenant sa course vers la cabane. Allons **défier** ce Bonhomme de pain d'épice !

17 Décembre

Rägnar et Orion

Au risque de se casser une patte ou deux, Rägnar **dévale** les escaliers comme si le Père Fouettard était à ses trousses. Dans sa course folle, il manque de rentrer dans Smerdiakov, qui l'évite de justesse.

– Eh ! Attention ! miaule le lynx. Vous l'avez récupérée ?

– La voici ! lance Cyrano qui, toujours à califourchon sur son ami, brandit la clef dorée avec fierté.

Le lynx noir, satisfait, opine du chef.

– Bravo ! Rejoignez vite mes frères en bas. Je reste ici faire le guet. *Davaï ! Davaï* !*

Il ne faut pas le dire deux fois à Rägnar, qui reprend sa descente **en mode chamois** jusqu'à la base du Piton Solitaire.

Au bas des dernières marches, Ivan est en pleine toilette. Lorsqu'il voit arriver le renard et le lemming, il cesse de se lécher et crache quelques boules de poils.

– Allez... **kof**, **kof**... à la caverne... **kof**...

Le renard et le lemming suivent alors le sentier bordé de ronces qui entoure le pic. Devant les barreaux condamnant la grotte, Alexeï semble sommeiller. Il ouvre un œil bleu pour les saluer.

– C'est bien, les amis ! Dimitri vous attend à l'intérieur.

– À l'intérieur !? s'étonne Rägnar. Mais je croyais que la porte était fermée.

– Elle l'est, rétorque le félin avec un clin d'œil. Mais crois-tu que de vulgaires barreaux puissent arrêter l'esprit de la Forêt ?

En un tournemain, Cyrano glisse la clef dans la serrure et la déverrouille. La porte pivote sur

---

* « On y va ! On y va ! » en russe.

une totale obscurité. Hésitant à pénétrer dans cette **nuit absolue**, Rägnar avance un museau prudent et distingue une faible clarté au loin.

Redoublant de vigilance – pas question de chuter dans un gouffre sans fond –, il avance lentement vers la lueur.

Après maints tâtonnements, le renard se fait aux ténèbres. Il peut trotter jusqu'au fond de la caverne où une torche est en train de brûler.

Au pied de celle-ci, Rägnar et Cyrano trouvent le dernier lynx.

– Dimitri ! lance le lemming, soulagé. Où est cet attelage parfait ? On n'y voit rien dans cette ambiance tamisée.

Le félin étire un sourire en coin.

– Juste devant vous !

Et c'est vrai qu'en scrutant plus attentivement, Cyrano est forcé de constater que la demi-douzaine de gros rochers noirs, éparpillés près de la torche, ont tous... eh bien... d'étincelants **yeux jaunes** !

– Mais... mais ce ne sont pas des rennes ! Enfer et noix de pécan ! s'exclame le rongeur d'une voix suraiguë.

Les formes sombres se redressent doucement. Aucune ne porte de bois mais toutes présentent de courtes oreilles pointues et des dents **sacrément** longues...

Rägnar a un mouvement de recul.

– Ce sont des loups ! grogne-t-il.

– La première meute du Père Fouettard, confirme Dimitri avec sa sérénité habituelle. Laissez-moi vous présenter **Orion** !

À l'appel de son nom, un énorme mâle s'approche du groupe. Plus grand que Crocs-Jaunes, et doté d'une épaisse fourrure grise, la bête en impose. Les yeux fermés, il avance sa gueule balafrée dans la lumière de la torche et s'arrête.

– J'étais le loup Alpha, il y a longtemps, explique-t-il d'une voix pareille à un roulement de tonnerre. Jusqu'à ce qu'un accident me fasse perdre la vue...

Orion passe une grosse patte sur ses paupières closes.

– Comme le Père Fouettard n'aime pas la faiblesse et que, pour lui, je suis devenu... infirme, il m'a jeté dans ces oubliettes. Il ne peut y avoir qu'une meute, vous comprenez... Mes frères et sœurs **Sirius**, **Cassiopée**, **Véga**, **Andromède** et **Aldébaran** ont préféré partager ma honte et ma captivité plutôt que de continuer à servir le maître...

Dubitatif, Rägnar se tourne vers Dimitri qui le rassure aussitôt.

– J'ai présenté notre projet à Orion. Lui et sa famille sont partants. Ce ne sont plus les mêmes loups qu'avant : en les rejetant, le Père Fouettard leur a montré qu'ils étaient dans le mauvais camp...

– Et si c'est pour mes yeux que tu t'inquiètes, reprend le loup aveugle, mon odorat et mon ouïe, en s'affinant, ont amplement compensé cette perte.

Puis, avec un sourire carnassier, il ajoute :

– De toute façon, d'après l'esprit de la Forêt, vous n'avez pas vraiment le choix, n'est-ce pas ?

Rägnar sait que le loup a raison : jamais il ne trouvera de rennes à temps pour remplacer l'attelage original. Pourtant, engager des **prédateurs** pour tirer le traîneau de Noël ne lui semble pas non plus être l'idée du siècle. Après tout, ces canidés aux allures de brigands n'ont vraiment rien d'une gentille troupe de huskies !

L'apparition soudaine de Smerdiakov, jaillissant de l'ombre près de lui, interrompt le renard dans ses réflexions.

– Le Père Fouettard a remarqué la disparition de la clef, raconte le lynx noir. Lui et Crocs-Jaunes sont **en chemin** !

Dimitri bondit sur ses pattes et, avec un peu d'impatience, s'adresse à Rägnar :

– Nous allons les retarder pendant que vous quittez la forêt. Alors, que décides-tu, petit renard ?

Ce dernier se tourne vers Orion et ses loups. Malgré leur allure effrayante, ils ne dégagent aucune agressivité. Dans le regard de certains, Rägnar peut même lire quelque chose qui ressemble à de l'espoir.

– OK, soupire-t-il enfin. Comme dit Santa, tout le monde a droit à une **seconde chance** !

18 Décembre

Britannicus et le Bonhomme de pain d'épice

À quelques mètres de la cabane de l'homme-biscuit, Britannicus est pris d'un **doute affreux** : et s'il était en train de se jeter dans la gueule du tiramisu ?

Rägnar lui avait raconté que, bien avant son arrivée dans les Territoires Féeriques, le Bonhomme de pain d'épice était un proche du Père Noël. Un ami, même... Jusqu'à un triste matin où une brouille (le renard gris ignore les raisons de cette dispute) l'avait conduit à quitter brusquement la maisonnette de Santa pour s'isoler dans les Vallons Glacés.

Depuis, les histoires les plus **effrayantes** n'ont cessé de courir à son sujet. Comment le Bonhomme de pain d'épice transforme volontiers les intrus en boule de Noël ou en guirlande afin de décorer son intérieur. Comment, d'un seul regard, il peut vous changer en cookie et vous laisser vous dissoudre lentement dans un bol de lait.

Dans certaines parties des Territoires Féeriques, ce sinistre individu est même parfois plus redouté que le **terrible** Père Fouettard...

Les grognements des soldats de Gargantua sortent Britannicus de sa torpeur.

– Ils ne sont plus très loin, capitaine ! crie l'un d'eux. On va pouvoir croquer cette grosse guimauve de nourspolaire !

– Allons-y, les p'tits gars, et pas de quartier !

Prenant son courage à deux pattes, Britannicus s'élance vers la porte de bois noir et frappe trois petits coups.

Toc ! Toc ! Toc !

Pas de réponse.

– P'têt qu'il n'y a plus personne ici ? se réjouit le glouton en collant une oreille contre le battant. J'entends rien...

Soudain, une voix que l'ours polaire qualifierait d'aussi « craquante » qu'une gaufrette retentit à l'intérieur du cagibi.

– *Entrez, voyageurs ! Entrez dans mon humble demeure !*

– Non ! J'veux pas devenir une boule de Noël ! glapit Barbizon en s'accrochant à une patte de son compagnon.

Sans daigner lui répondre, Britannicus pousse la porte et pénètre dans une pièce obscure. Un feu y brûle faiblement et, couché tout près, un dragon noir tourne sa grosse tête vers les nouveaux arrivants.

– *Fermez derrière vous !*

– *Oh my God* !* gémit encore le glouton. On va cramer dans les flammes de l'Enfeeeer !

Britannicus est à un poil de phoque de prendre la poudre d'escampette quand il comprend que le fameux dragon n'est en réalité que l'ombre, projetée par les flammes, de deux individus distincts : un biscuit brun aux yeux de sucre glace et... un castor emmitouflé dans une couverture !

* « Oh mon Dieu ! » en anglais.

– *Fermez, je vous dis ! J'ai la crève !* répète le Bonhomme de pain d'épice en toussant dans son coude.

L'ours obéit au maître des lieux et claque la porte au nez du blizzard. À l'extérieur, la meute de Gargantua tourne autour de la cabane avant d'abandonner et de déguerpir vers Gloutonville.

– *Hé hé ! Ma réputation m'assure une certaine tranquillité !*

– Britannicus !? Qu'est-ce que tu fais là ? demande le Maestro, aussi surpris que le plantigrade*.

– Je te retourne la question ! Voilà deux jours que je te cherche...

Maintenant qu'il s'est habitué à la pénombre, l'ours remarque tous les petits animaux de bois sculpté éparpillés dans la pièce.

– Apparemment, tu te caches ici depuis un moment...

– Depuis que le roi des gloutons a décidé de me transformer en chapka... Comme toi, j'ai échoué ici, et le Bonhomme m'a pris sous son aile.

---

* Animal marchant sur la plante de ses pieds, comme l'ours ou l'homme.

À l'évocation de l'homme-biscuit, Barbizon se pelotonne contre Britannicus.

– Tu... tu ne vas pas nous transformer en guirlandes, quand même !?

– *Bien sûr que non*, ricane le Bonhomme de pain d'épice. *J'ai dû inventer toutes ces histoires effrayantes pour ma sécurité. Regardez le nombre de petites répliques de moi-même que les gens dévorent au moment de Noël, c'est flippant à la fin !*

Puis, se tournant vers Britannicus, il enchaîne :

– *Mais tu m'intrigues : qu'est-ce que tu veux au castor ?*

En quelques mots, l'ours expose la situation aux deux reclus.

– *Nom d'un sachet de levure vanillée, Maestro ! Il faut que tu sauves LA nuit magique !* réagit aussitôt le biscuit.

Le castor secoue tristement la tête.

– Je suis coincé ici : les gloutons patrouillent les environs nuit et jour...

– Ne t'inquiète pas, lui assure Britannicus, étonné par l'humilité du Maestro (après cinq minutes de conversation, le rongeur ne s'est toujours pas vanté : un record !). Grâce à mon flair **inégalable**, nous les éviterons facilement.

Puis, en observant les aurores boréales par l'étroite fenêtre, il ajoute :

– Tu penses réussir à fabriquer un nouveau traîneau avant **LA nuit magique** ?

– Je crois, oui. Mais il faut s'y mettre au plus vite, allons-y !

Sans perdre une seconde (juste le temps d'avaler une tasse de thé brûlant et d'engloutir quelques tartines beurrées au miel), Britannicus, Barbizon et le Maestro s'apprêtent au départ.

Sur le pas de la porte, l'ours pose une patte sur l'épaule croustillante du Bonhomme.

– Tu viens avec nous ?

– *Je ne sais pas, je suis dans une drôle de situation. J'adore Noël mais mettez-vous à ma place : c'est une fête au cours de laquelle tout le monde veut me manger !*

Britannicus ne peut que compatir.

– Je te promets que nous trouverons une solution à ton problème. En attendant, mon instinct me souffle que Santa va avoir besoin de toi...

Après un regard vers sa triste maison, l'homme-biscuit soupire.

– *Je me suis trop habitué à avoir de la compagnie, de toute façon. En mettant fin* à ma solitude, je crois que la présence du Maestro m'a un peu redonné l'esprit de Noël… Alors OK : allons sauver LA nuit magique !

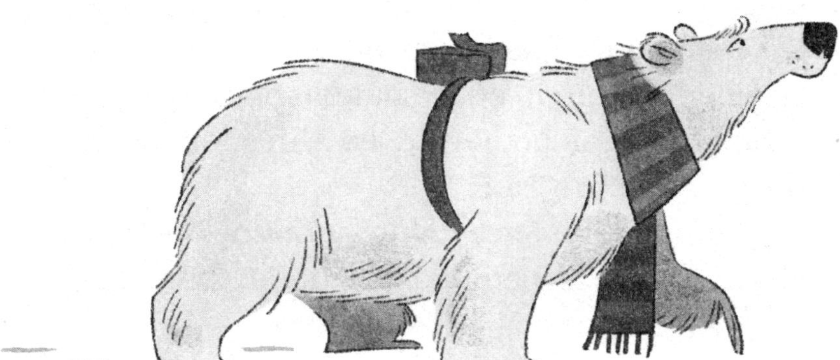

19 Décembre

Retrouvailles

La fuite hors des terres du Père Fouettard puis de la Forêt Enchantée prend des airs de rêve (ou de **cauchemar**) pour Rägnar et Cyrano. Galoper au milieu d'une meute de loups aussi solidaires donne au renard et au petit lemming l'impression de chevaucher un dragon. Un dragon furieux car, sur leur passage, la végétation s'aplanit, les buissons s'écartent, la neige se durcit pour soutenir leurs pattes, créant un vrai boulevard en direction de la maison du Père Noël !

L'équipage avance donc à bonne vitesse, et ce malgré le petit peuple de la forêt, qui fait tout pour les ralentir. Ces **chenapans** d'elfes commandent aux branches des arbres de s'allonger et de s'entremêler afin de bloquer la voie aux intrus, et d'énormes bosquets de ronces jaillissent de terre juste sous la truffe de ces malheureux !

Rägnar et sa troupe franchissent enfin l'orée de la forêt tandis qu'au loin les hurlements de Crocs-Jaunes se confondent avec les cris du Père Fouettard.

– Ce n'est pas du jeu ! hurle-t-il depuis le sommet du Piton Solitaire. Ce sont **MES** loups ! Orion, punis ce renard et reviens à la maison ! Promis, tu pourras reprendre la tête de ma meute !

Un court instant, Rägnar a très peur que ses tout nouveaux alliés se retournent contre lui. D'autant qu'entre les bois et la maisonnette de Santa, il n'y a pas le moindre abri ou cachette pour échapper aux loups. Rien qu'une étendue de poudreuse.

– Notre ex-maître nous prend vraiment pour des jambons, grogne Orion en crachant dans la neige.

Le renard gris, rassuré, regarde les volutes de fumée blanche qui s'échappent de la cheminée du Père Noël. Il a l'impression de revenir au bercail après une odyssée de plusieurs mois.

Un grand sourire aux babines, il commence même à sentir la douce odeur de chocolat chaud !

Il a tellement hâte d'arriver et d'être fêté en **héros** ! Après tout, il a trouvé un nouvel attelage – un peu effrayant, certes, mais qui a une sacrée classe ! – **ET** il est prêt à parier qu'il a rempli **SA** mission avant Britannicus ! **Haha !**

La ruse avant la force ! L'agilité et la sagesse avant… avant… ben… avant les trucs d'ours polaire, quoi !

Pourtant, tout à ses rêves de gloire, Rägnar ne voit pas les quatre petits personnages qui, eux aussi, se dirigent vers la maisonnette depuis le nord.

– Hé ! Ce serait pas Britannicus, là-bas !? s'exclame Cyrano, ruinant les espérances du renard gris.

– Nom d'un corbeau ! glapit ce dernier en reconnaissant la silhouette massive de l'ours, puis celles de ses compagnons aux allures dépareillées. Le bougre a réussi ! **Accélérons !**

Malgré ce coup de collier, Rägnar et les loups arrivent en même temps que Britannicus à la porte de la maisonnette. Les deux rivaux, hors d'haleine, commencent par s'observer avec animosité.

– **Beau sprint !** se moque l'ours. Je vois que tu nous as déniché des rennes un peu spéciaux... J'espère qu'ils n'ont pas trop faim !

– **Bravo !** rétorque l'autre. Non seulement tu nous ramènes le Maestro, mais aussi un biscuit capable de changer toute la maisonnée en boules de Noël !

– Le Bonhomme de pain d'épice est un brave type qui essaye seulement de survivre !

– Orion et ses loups sont les ennemis du Père Fouettard, à présent. Ils seront parfaits pour remplacer l'attelage : je n'ai jamais vu des animaux courir aussi longtemps sans se fatiguer... Et je peux te dire qu'on a sacrément galopé !

– Tu en as bavé, hein ? s'adoucit Britannicus.

– Plutôt, oui. Et toi ?

– Sans ce glouton, je ne serais pas là...

Lentement, l'incompréhension entre l'ours et le renard, née de leurs différences, se met à fondre comme neige au soleil.

– Le plus important, c'est de **sauver Noël** ! observe Rägnar avec un demi-sourire.

– Et Santa peut être fier de **NOUS DEUX**, renchérit Britannicus.

Alors que les deux anciens rivaux se serrent la patte, Cyrano applaudit devant cette émouvante scène de réconciliation.

– C'est beau, les copains ! J'en ai presque les larmes aux yeux, s'exclame le lemming. Par contre, désolé de casser l'ambiance mais je crois qu'il y a un problème...

– Qu'est-ce que tu veux dire ? demandent Britannicus et Rägnar d'une même voix.

– Ben... Vous n'entendez pas !? À la place des bruits de l'**atelier de jouets**, il y a d'étranges roulements de tambour.

– Cyrano a raison, intervient Orion. Je perçois comme une musique de défilé provenant de la maison.

Stupéfait, le loup Alpha voit alors une marmotte surgir de la neige, juste entre ses pattes. Portant un drôle de casque en fer-blanc, elle se précipite vers la porte.

– Ah, vous êtes enfin rentrés ! s'exclame le rongeur en pleine course. Dépêchez-vous ! On est en retard !

Le renard et l'ours échangent un regard étonné.

– En retard pour quoi !?

– Pour l'inspection des troupes de sa Royale Majesté, tiens ! Longue vie au tout-puissant **Santa Ier** !

20 Décembre

L'atelier

– « Sa Royale Majesté » !?

– « Santa Ier » !?

Bouche bée, Rägnar et Britannicus regardent la marmotte qui, sans demander son reste, réajuste son ridicule petit casque de chevalier et disparaît dans la maison.

Après un moment de silence, l'ours polaire se tourne vers ses compagnons, un début de **panique** dans la voix.

– Vous avez entendu la même chose que moi, hein ? J'ai pas abusé des tartines beurrées au miel ?

– Je crois que cette marmotte a emballé trop de chocolats, temporise le renard gris. Entrons et voyons par nous-mêmes !

L'un après l'autre, Rägnar, Britannicus, Cyrano, Barbizon, le Maestro, le Bonhomme de pain d'épice, Orion et ses loups passent la porte, remplissant le salon.

Une fois à l'intérieur de la chaleureuse petite maison, le doute n'est plus permis : à travers le plancher, aucun des bruits familiers dus à la construction des jouets ne remonte. À la place, on entend une espèce de musique militaire.

– P'têt qu'ils ont terminé de bosser et qu'ils font une boum ? espère le lemming en claquant des pattes avant.

– Mouais, ça serait bien la première fois en plusieurs siècles ! doute le renard. En général, à **J-4** de **LA nuit magique**, les rongeurs mettent le turbo pour finir la production dans les temps...

– J'le sens pas ! conclut Britannicus en ouvrant la trappe menant à l'atelier.

D'un pas pesant, il emprunte les escaliers en colimaçon et mène la troupe jusqu'à une vaste salle où des piles de cadeaux s'entassent jusqu'au plafond.

– C'est le stock, explique-t-il aux nouveaux venus. Ceux-là, **hop**, y a plus qu'à les mettre dans la hotte. D'habitude, il y a toujours des marmottes en train d'apporter les paquets...

Britannicus pousse ensuite une large porte donnant sur un espace encore plus grand. Une montagne de jouets s'y dresse entre deux immenses tables couvertes de papiers brillants, de nœuds, de rouleaux de papier adhésif et de paires de ciseaux.

– J'imagine que c'est l'**Emballage**, commente Barbizon en avalant un reste de pain d'épice trouvé par terre sous l'œil mécontent du Bonhomme. Mais personne ici non plus...

– C'est **impensable** ! s'écrie Britannicus, atterré. Avec ce tas de cadeaux à préparer ! Pourquoi les marmottes ont-elles abandonné leur poste ?

– Nous le saurons bientôt, grogne Orion. La musique est toute proche maintenant...

Rägnar pose une patte amicale sur l'épaule de l'ours polaire et prend la tête de l'expédition.

À la suite du renard, ils quittent la section Emballage pour pénétrer dans une pièce de taille plus modeste. Des dizaines de chaises y sont alignées devant plusieurs tableaux noirs et une machine à chocolat chaud.

– Ici, normalement, c'est la salle de réunion, précise Rägnar. Les marmottes et Santa y discutent des nouvelles idées de jouets...

Sur les tableaux, les règles des jeux de société en développement et les plans de poupées parlantes ont été effacés. À la place, deux questions étranges ont été griffonnées à la craie rouge :

« Qui est le plus beau ? »

Et, plus mystérieuse encore :

« Où se trouvent les Sept Nains ? »

– Nom d'un chien de prairie, qu'est-ce que j'le sens mal ! continue à se lamenter Britannicus. Cette aventure n'en finit pas ! Dire que je pourrais être en train de terminer ma lecture de *Grizzli et la Chocolaterie* au lieu de me mettre la rate au court-bouillon...

– J'entends des voix ! le coupe Orion d'un grommellement. Quelqu'un est en train de faire un discours.

– Oui, la musique a cessé, réalise Rägnar. Continuons !

Et il s'avance dans un large couloir.

– Nous allons bientôt entrer dans le **cœur de l'atelier**. Là où tout est fabri...

Il s'arrête subitement de parler. Devant lui, encadrant la double porte qui mène aux établis, les deux élans Rocks et Rocky, affublés de magnifiques armures en papier alu, ont l'air de monter la garde. Derrière les battants, des applaudissements font trembler les parois du souterrain.

– Les gars ! Qu'est-ce qui se passe ici !? demande Britannicus. Comment va le Père Noël ?

– Désolé, mais vous ne pouvez pas passer ! déclare Rocks d'un ton sec. Son **Immensissime** Altesse Royale est déjà en train de s'exprimer.

– C'est une question de savoir-vivre : on n'interrompt pas le souverain, ajoute Rocky en envoyant un clin d'œil à l'ours polaire.

Puis il lui chuchote :

– Depuis que le patron s'est réveillé, on s'éclate avec ce nouveau jeu de rôle ! Moi, par exemple, je suis l'Élancelot du Lac ! Un **chevalier** ! Vous voulez être qui, vous : des soldats de Santa Ier, des brigands de grand chemin ou de farouches nains, ennemis jurés du roi ?

Une **grosse** fatigue s'abat brusquement sur les épaules de l'ours polaire qui perd patience.

– Je veux être Britannicus ! Celui qui, d'habitude, bouquine tranquillement devant la cheminée pendant que Noël se prépare ! Laissez-moi passer, bande d'andouilles, faut que je parle à Santa !

21 Décembre

Le Père Noël ne va pas mieux…

Furieux, Britannicus se précipite entre les deux élans et ouvre brusquement la porte.

Le spectacle est si étrange que l'ours polaire ralentit puis s'arrête, bouche bée : à la place des nombreux établis habituellement éparpillés, des centaines de marmottes casquées ou armées d'épées de bois sont parfaitement alignées. De plus, des rongeurs, des bœufs musqués, des lemmings, des chouettes et des phoques, eux aussi au garde-à-vous, observent une grande scène sur laquelle se tient le Père Noël.

Concentré sur son discours, Santa n'a pas remarqué les nouveaux arrivants : tout en faisant les cent pas, il continue à parler d'une voix autoritaire qui ne lui ressemble guère.

– ... mettre les **bouchées doubles** ! Cette satanée princesse ne doit plus nous échapper ! scande-t-il en claquant ses bottes sur l'estrade. Le miroir de ma salle de bains m'a prévenu ce matin qu'elle s'apprête à mettre un **sacré bazar** dans notre beau royaume ! Elle et ses nains de jardin ne reculeront devant rien pour faire croire au monde entier que je ne suis pas le plus beau. Je sais que ces chenapans prévoient même de me couper la barbe ! J'ai donc eu une **grande idée** ! Nous allons laisser au milieu de la forêt un métier à tisser flambant neuf. La traîtresse ne pourra pas y résister. Elle se piquera le doigt avec une aiguille empoisonnée et tombera dans un profond sommeil pour **super** longtemps ! Pas mal, le plan, hein ?

L'ours polaire en a assez entendu. Les mâchoires contractées, il se tourne vers ses compagnons.

– Nom d'un chien de prairie ! Il délire !

– C'est chaud, acquiesce Cyrano en ricanant nerveusement. Notre Santa a complètement **pété les plombs** !

Plissant les paupières, Rägnar s'approche du lemming.

– Et quelque chose me dit que tu sais pourquoi...

– Eh bien... euh... baragouine le rongeur en jetant des coups d'œil inquiets vers Britannicus.

Ce dernier se penche au-dessus de Cyrano en grognant.

– Qu'est-ce que t'as encore fait !? C'est ta soi-disant « décoction miracle », c'est ça ?

Reculant de quelques pas, le lemming transpire à grosses gouttes.

– En-en effet... bégaie-t-il en se tordant les doigts. Il peut parfois y avoir des effets secondaires, des genres d'hallucinations... Euh... Souvent à cause d'un **surdosage** en urine de loutre marine... Mais... mais vous pouvez voir que sa jambe est **totalement guérie** !

– Ça me fait une belle patte que le Père Noël puisse marcher s'il se prend pour Maléfique ! explose Britannicus. Combien de temps ces effets secondaires vont-ils durer ?

– S'il te plaît, ne me transforme pas en hot-dog ! supplie Cyrano en s'éloignant un peu plus de l'ours polaire, qui sort de ses gonds.

– Réponds-moi, crapule !

– En moyenne ? souffle le rongeur, terrifié. À peu près deux semaines...

Deux semaines !? C'est bien trop long ! Santa ne sera jamais prêt d'ici **LA nuit magique** !

Assommé par la nouvelle, Britannicus laisse lourdement tomber son postérieur sur le sol.

– On est **fichus**...

Alors que son désespoir commence à contaminer Rägnar et ses compagnons, Orion s'approche de l'ours.

– C'est le Père Noël qui a bravé tous les dangers afin de ramener un sculpteur capable de reconstruire un traîneau ? demande-t-il de sa voix caverneuse.

Britannicus secoue tristement le museau.

– C'est le Père Noël qui a trouvé un attelage de remplacement au plus profond de la Forêt Enchantée ?

Cette fois, c'est Rägnar qui secoue la tête en réponse.

– Eh bah voilà ! Vous vous êtes **sacrément** bien débrouillés sans lui... Pourquoi ne pas continuer ?

Les paroles d'Orion font lentement leur chemin dans l'esprit de Britannicus. S'il garde sa posture abattue, son regard est déjà plus vif.

– Je veux bien... soupire-t-il finalement. Mais comment faire ?

– L'urgence, c'est de terminer la fabrication et l'emballage des derniers jouets, répond Rägnar en posant une patte sur l'épaule de son ami. Je vais tenter d'éloigner Santa, et toi, tu t'occupes des rongeurs !

Avec un sourire malin, le renard s'élance comme une flèche vers la scène.

– Seigneur ! C'est moi ! Votre **coach beauté** préféré ! déclare-t-il en bondissant aux côtés du Père Noël. Je vous ai enfin retrouvé !

Interloqué, Santa observe le renard des pieds à la tête.

– Mon... mon coach beauté !? s'étonne-t-il. J'avais oublié que j'en avais un !

L'air navré, Rägnar poursuit :

– Mon pauvre Seigneur ! Quelle peau grasse ! Quelle barbe hirsute ! J'ai été retenu prisonnier trop longtemps par ces Sept Nains de malheur. Nous allons enfin pouvoir reprendre les soins et hydrater ce vilain nez ! Il faudra aussi épiler ces sourcils...

Le renard s'accroche à un bras de Santa, qui se laisse entraîner en bas de l'estrade, puis hors de l'atelier par cet encombrant « coach ».

Britannicus monte aussitôt sur la scène et empoigne le micro.

– Bon, les marmottes, **LA nuit magique** est pour bientôt ! Fini de s'amuser ! On retourne au boulot !

22 Décembre

La Carte des Enfants Sages

Ce soir, de splendides aurores boréales tapissent le ciel au-dessus de la maison du Père Noël. Confortablement installé dans la poudreuse, un bon thé vert dans la patte, Britannicus observe le Maestro donner ses derniers coups de dent.

– Et voilà ! déclare le talentueux castor en soufflant la poussière de son œuvre. De délicats flocons de neige pour décorer un joli traîneau !

L'ours polaire est admiratif : aérodynamique, assez large pour contenir la hotte magique et magnifiquement sculpté, l'ouvrage est, en effet, superbe.

– C'est vraiment du **beau travail** ! applaudit-il avec enthousiasme.

– Oh, merci. J'ai fait de mon mieux... répond modestement le rongeur qui, décidément, continue de surprendre Britannicus.

Celui-ci ne peut s'empêcher de commenter :

– Tu as bien changé, dis-moi... Une telle **humilité** ne te ressemble pas.

Le Maestro hausse les épaules.

– J'ai eu pas mal de temps pour réfléchir durant mon séjour forcé dans la cabane du Bonhomme de pain d'épice. Je me suis rendu compte que j'avais un tempérament de cochon d'Inde et la tête plus grosse qu'un capybara. Bref... J'ai décidé de changer.

Encore plus impressionné par la force de caractère du Maestro que par son savoir-faire, Britannicus passe une patte sur la brillante armature du traîneau.

– À ce propos, tu sais où est le Bonhomme ? Je me suis mis d'accord avec l'atelier : dorénavant, toutes les pâtisseries à base de pain d'épice seront remplacées par du chocolat ou des marrons glacés.

– Il va être content ! se réjouit le Maestro. Peut-être que dans quelques années, personne ne pensera plus à le croquer au moment de Noël...

Un claquement de la porte d'entrée attire subitement l'attention du castor et de l'ours polaire : Rägnar vient de sortir de la maison, un petit sac sur le dos. Le renard trottine aussitôt vers eux et s'arrête devant le nouveau traîneau.

– **Waouh !** s'écrie-t-il. *Bravissimo !* Quel engin !

Alors que le Maestro rabat humblement ses oreilles, Rägnar continue :

– Et les bonnes nouvelles ne s'arrêtent pas là ! Les marmottes ont mis les bouchées doubles : la fournée de jouets de cette année est quasi prête !

– Parfait ! Et... qu'en est-il de Santa ? hésite Britannicus.

Le renard secoue lentement la tête.

– Toujours pareil. Pour l'instant, il dort, mais, dès qu'il ouvre l'œil, il file parler à son miroir.

Toute la bonne humeur de l'ours s'évanouit aussi sec, remplacée par un sentiment proche de la panique.

– Nom d'un chien de prairie ! **LA nuit magique** est **demain** ! Qu'est-ce qu'on va faire !?

– C'est justement pour ça que je viens te parler, essaye de le calmer Rägnar. Il est grand temps d'envisager de... de conduire le traîneau nous-mêmes...

L'ours polaire se fige aux derniers mots de son ami. Durant de longues minutes, il observe le renard en silence puis éclate d'un petit rire nerveux.

– Les délires de Santa doivent être contagieux ! articule-t-il entre deux gloussements amers. Comment veux-tu le remplacer !? On ne sait même pas où aller !

– Maintenant, si ! rétorque le renard en posant son sac devant lui. Voilà la besace de voyage du Père Noël.

Au premier coup d'œil, Britannicus reconnaît la vieille sacoche de cuir marron sur laquelle un sapin a été brodé.

– À l'intérieur, outre la poudre d'étoile filante qui fera voler les loups, raconte Rägnar en extirpant un étrange parchemin phosphorescent, j'ai trouvé... la **Carte des Enfants Sages** ! Regarde ! Pour le moment, il n'y a que l'indication *« Allez vers le sud »*, mais tu sais bien comment la carte fonctionne...

Captivé, Britannicus observe la grosse flèche rouge qui, pour l'instant, s'étale seule sur le papier brillant. La Carte des Enfants Sages est l'objet le plus fascinant de Santa. Elle indique en temps réel la direction à prendre, le toit sur lequel s'arrêter, quels cadeaux livrer... Avec un tel objet entre les pattes, la distribution des jouets devient en effet beaucoup, **beaucoup** plus simple.

– Pourtant, j'étais certain qu'elle ne réagissait qu'au contact du Père Noël ! souffle l'ours, qui a visiblement du mal à y croire.

– Normalement, c'est le cas ! Mais si, aujourd'hui, elle répond aussi à notre présence, peut-être faut-il le prendre comme un encouragement : la carte veut que nous remplacions Santa !

Bouleversé par cette révélation, Britannicus déglutit bruyamment.

– Et qui va prendre les rênes ? Je te préviens que je ne m'en sens pas capable...

– Moi non plus, mon ami, lui répond gentiment Rägnar. C'est pour cette raison que nous le ferons **ensemble** !

Sans laisser le temps à l'ours polaire de protester, il le pousse d'un coup de tête vers l'étable.

– Viens, mon pote ! Il est temps d'aller saupoudrer quelques loups pour un dernier **vol d'essai** !

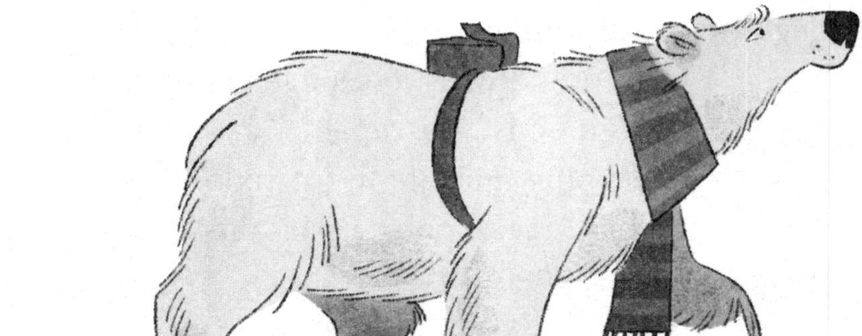

– J'ai du mal à croire qu'Orion soit aveugle, déclare Rägnar, le museau en l'air.

Au-dessus de lui, la meute menée par le loup Alpha virevolte et accélère dans le ciel étoilé.

HOOOUUUUUUOOOUUUUUUUUUUUU !

Fendant le vent glacé, l'attelage hurle son enthousiasme en rasant la cime des sapins.

– Il est très fort, approuve Britannicus. Mais quand nous franchirons des montagnes ou naviguerons entre les immeubles, il faudra que nous le guidions.

L'ours se tait un instant, le ventre contracté par cette nouvelle responsabilité.

– Plus que deux heures avant le **grand départ** ! en rajoute Rägnar.

– T'as vraiment besoin de jouer à l'horloge parlante !? grogne Britannicus, de plus en plus stressé.

Le renard hausse les épaules et brandit un parchemin sous la truffe de son ami.

– Ce n'est pas moi qui le dis, c'est la Carte des Enfants Sages !

À présent, en plus de la flèche indiquant le sud, les mots *« PLUS QUE DEUX HEURES AVANT LE GRAND DÉPART »* sont inscrits en grosses lettres écarlates.

Ignorant une nouvelle crampe d'estomac, l'ours met ses pattes autour de son museau et crie en direction des loups :

– **Houhou !** On redescend, les gars ! Il est temps de charger la hotte !

Réagissant sans délai à l'appel de Britannicus, Orion négocie un large virage autour du toit de la maison et fait atterrir la meute à deux pas de l'ours.

– Alors ? Vous le sentez comment ? demande ce dernier.

La réponse est évidente : tous les loups affichent une banane jusqu'aux oreilles !

– C'est **fantastique** ! s'extasie Orion, sortant de sa réserve habituelle. Les sensations ! La vitesse ! Par les poils de mon museau, nous sommes faits pour voler !

Derrière lui, ses frères et sœurs hurlent leur approbation à la lune.

HOOOUUUUUUOOOUUUUUUUUUUUU !

– Le seul problème, c'est le traîneau, poursuit le loup. Il est un peu léger et, emporté par notre élan, il a tendance à percuter l'arrière-train de Véga et Cassiopée, mes frère et sœur en queue d'attelage...

Rägnar pointe la maisonnette du museau.

– Ce détail va se régler tout seul, commente-t-il à la vue de l'énorme sac de jouets qui est lentement tracté dans leur direction.

Traînée par une dizaine de bœufs musqués, escortée par les marmottes, Barbizon le glouton, le Bonhomme de pain d'épice et son ami castor, la hotte trace un large sillon dans la neige.

– Profitez-en pour vous reposer pendant que nous nous occupons du chargement, conseille le renard. Barbizon va vous servir du chocolat chaud !

Malheureusement, au moment où les animaux parviennent à faire glisser le gigantesque sac à l'arrière de la luge – comme par magie, sa taille s'est adaptée au traîneau –, une **brume épaisse** s'abat brutalement sur eux.

D'un seul coup, on n'y voit pas plus loin que le bout de sa truffe.

Britannicus jette un œil mauvais à la Carte des Enfants Sages qui annonce à présent *« PLUS QU'UNE HEURE AVANT LE GRAND DÉPART »* en lettres de feu, avant de se prendre la tête entre les pattes.

– Nom d'un chien de prairie ! On a oublié Rudolph ! Ce n'est pas pour rien que ce petit lâcheur de renne a un pif rouge...

– En effet, constate Rägnar. Difficile de mener le traîneau si on y voit comme dans une boule de neige ! Il nous faudrait de la lumière.

– J'ai une super idée, s'exclame Cyrano, dont personne n'a remarqué (évidemment, dans ce brouillard) l'arrivée. On n'a qu'à prendre un **flambeau** !

Le renard secoue la tête.

– Les animaux ont peur du feu, andouille ! Est-ce que tu te vois, toi, brandir cette torche ?

– Ben… non… mais…

– Le lemming n'est pas si bête, intervient brusquement Orion. Je ne crains plus les flammes depuis que je ne peux plus les voir. En revanche, impossible de courir **ET** de porter cette lumière…

Tandis que le cerveau de Rägnar fonctionne à plein régime pour trouver une solution à ce problème, le Bonhomme de pain d'épice intervient :

– Si Orion est d'accord pour me prendre sur son dos, je veux bien être le porteur de torche ! Je suis déjà **complètement cuit**, alors le feu ne me fait pas peur…

Au soulagement général, le loup grogne immédiatement son accord.

– Génial, c'est réglé ! s'écrie Cyrano, surexcité. On n'a plus qu'à y aller, maintenant. **Pleins gaz**, les loulous ! Vers l'infini et au-de…

– Sauf que tu ne viens pas avec nous, le coupe Britannicus d'un ton ferme.

– Désolé, petit, ajoute Rägnar. Il faut que tu surveilles Santa. Après tout, toi seul connais les effets que peut avoir ta potion…

Puis, repliant la Carte des Enfants Sages, le renard saute à bord du traîneau.

– Les amis, le grand moment approche ! Veuillez attacher vos ceintures et redresser vos sièges : c'est bientôt l'heure du **décollage** !

24 Décembre

La nuit magique

Les dernières minutes ont filé comme des nanosecondes pour Britannicus qui, les pattes tremblantes, s'installe sur le petit banc de bois réservé au conducteur du traîneau. À côté de l'ours, Rägnar, plus pâle qu'un bébé phoque, pose la Carte des Enfants Sages sur ses genoux et saisit les rênes. Après avoir jeté un coup d'œil à l'**énorme hotte** fixée derrière eux, le renard s'adresse à l'équipage :

– Bonhomme de pain d'épice, tout va bien ?

À califourchon sur Orion, le biscuit brandit sa torche enflammée dans le brouillard et constate qu'il parvient désormais à distinguer autour de l'attelage les silhouettes des spectateurs venus assister au **GRAND DÉPART**.

– Impec' !

Rägnar hoche la tête avant de crier à nouveau :

– Et vous, les loups, tout est OK !?

– Nous avons hâte de décoller ! jappe Orion avec impatience.

Enfin, le renard lève les yeux vers Britannicus : même à travers la brume, il peut voir l'ours serrer les dents.

– Il est temps d'y aller ! Tu es prêt ?

– Finissons-en !

Rägnar prend une profonde inspiration et, d'un mouvement sec, fait claquer les rênes.

– **En avant** pour **LA nuit magique** ! glapit-il tandis qu'une force incroyable tire brusquement le traîneau en avant.

Alors que le renard et l'ours s'agrippent au garde-fou, l'attelage s'élève dans le ciel à une vitesse prodigieuse : en quelques secondes, il perce la couverture nuageuse et **jaillit** au milieu des étoiles.

– Nom d'un chien de prairie ! C'est magnifique ! s'extasie Britannicus, qui peut presque effleurer les aurores boréales de ses coussinets.

– Je... je vole ! s'exclame Rägnar, le regard plus pétillant que celui d'un renardeau.

Devant eux, les loups galopent aussi vite que le blizzard. À des centaines de mètres sous l'attelage, tout scintillant de clair de lune, défile déjà le vaste océan qui sépare les Territoires Féeriques du monde des Hommes.

Le panorama est si beau que Rägnar ne remarque pas tout de suite le clignotement de la Carte des Enfants Sages. Le message sur le parchemin a changé, et il est plutôt inquiétant :

« ACCROCHEZ-VOUS ! ACCROCHEZ-VOUS ! »

Le renard a juste le temps d'aboyer un « **ATTENTION !** » dérisoire que le traîneau pénètre dans une sorte de trou noir. Happé par les ténèbres, l'attelage est aussi secoué que s'il venait de foncer à l'intérieur d'une **colossale** machine à laver.

– Nom d'un corbeau ! gémit Rägnar. On va se crasher !

Mais l'obscurité s'évanouit aussi vite qu'elle est venue et, à la stupéfaction générale, les flots ont été remplacés par de grands bâtiments se dressant dans la brume.

Rägnar et Britannicus réagissent dans l'instant : pendant que le premier plonge sa truffe dans la carte, le second reprend les rênes.

– C'est une ville ! s'écrie le renard, tout excité. Pour l'instant, ce sont des entrepôts mais les habitations sont **droit devant** !

Les yeux fixés sur la lumière de la torche, l'ours est trop concentré pour répondre à son ami. D'une patte assurée, il guide Orion et ses loups, les faisant zigzaguer entre les bâtisses.

La première maison apparaît. Britannicus arrête le traîneau au niveau de sa toiture.

– Ici, nous avons une petite fille et un garçon sages ! déclare Rägnar en lisant la carte. Ils reçoivent les cadeaux 1 et 2.

De la hotte jaillissent aussitôt les **paquets brillants** qui atterrissent entre les deux amis.

– Bon ! Y a plus qu'à les déposer devant la cheminée, reprend le renard, tout sourire.

Sauf que ni Rägnar ni le Bonhomme de pain d'épice ni Britannicus n'ont le gabarit adéquat pour se glisser par le **minuscule** conduit dans le toit.

– Vous pourriez passer par une fenêtre ? propose l'ours, avant de comprendre que les volets sont fermés.

Alors que tout semble à nouveau perdu, une voix s'élève de la hotte.

– **Pff !** Je crois que je vais **ENCORE** devoir sauver **LA nuit magique** à moi tout seul !

– Pourquoi je ne suis pas surpris ? grommelle Britannicus en découvrant Cyrano. Ce lemming n'en fait qu'à sa tête !

Sans daigner répondre, le rongeur saisit les deux cadeaux et, avec son agilité habituelle, disparaît dans le conduit de la cheminée.

Une poignée de secondes plus tard, Cyrano ressort, la tête couverte de suie.

– **Mission accomplie !** proclame-t-il en postillonnant des miettes. Ils m'ont même laissé des gâteaux !

– Bien joué ! le félicite Britannicus. Mais l'opération Santa n'est pas terminée, loin de là !

Puis il sourit gentiment.

– Allez, viens t'installer entre Rägnar et moi.

* * *

Et c'est ainsi que des loups repentis, un Bonhomme de pain d'épice rebelle, un renard malin, un ours pantouflard et un lemming en surdosage de sucre passèrent de maison en maison, de ville en ville et distribuèrent les cadeaux à tous les **enfants sages** (et moins sages) de la Terre.

Entre deux continents, alors que le traîneau filait au-dessus des flots et que le vent sifflait à leurs oreilles, Britannicus, immensément fier, observait ses compagnons avec un grand sourire aux babines.

Il en profitait aussi pour penser à Santa qui allait bientôt se remettre de la « décoction miracle » de Cyrano et à qui il avait hâte de raconter cette **formidable aventure** : l'histoire d'un Noël sauvé par les animaux !

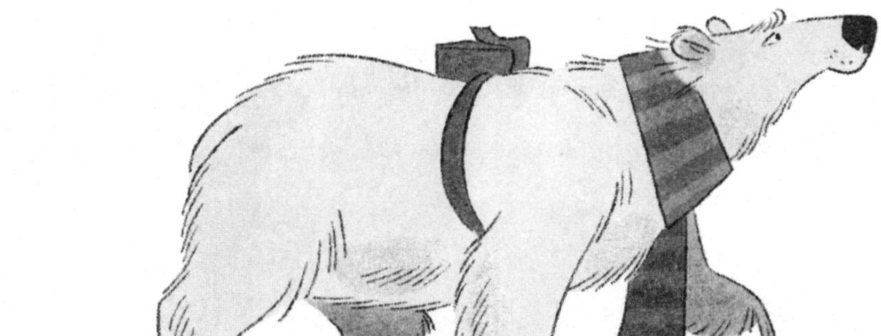

Table des matières

NORD COMPO
multimédia

Composition et mise en pages
Nord Compo à Villeneuve-d'Ascq

Les Éditions Flammarion sont investies dans une démarche active pour l'empreinte environnementale de leurs parutions. Ainsi, le livre que vous tenez entre vos mains a été imprimé en Italie sur des papiers issus de forêts gérées durablement, par un imprimeur engagé dans la protection de l'environnement.

N° d'édition : L.01EJEN002507.N001 / 663346-0
Dépôt légal : octobre 2025
Loi n° 49-956 du 16 juillet 1949
sur les publications destinées à la jeunesse